课文作家
经典作品系列

阳光的两种用法

肖复兴◎著

长江出版传媒 长江少年儿童出版社

孩子和古树　肖复兴　2022年10月于天坛

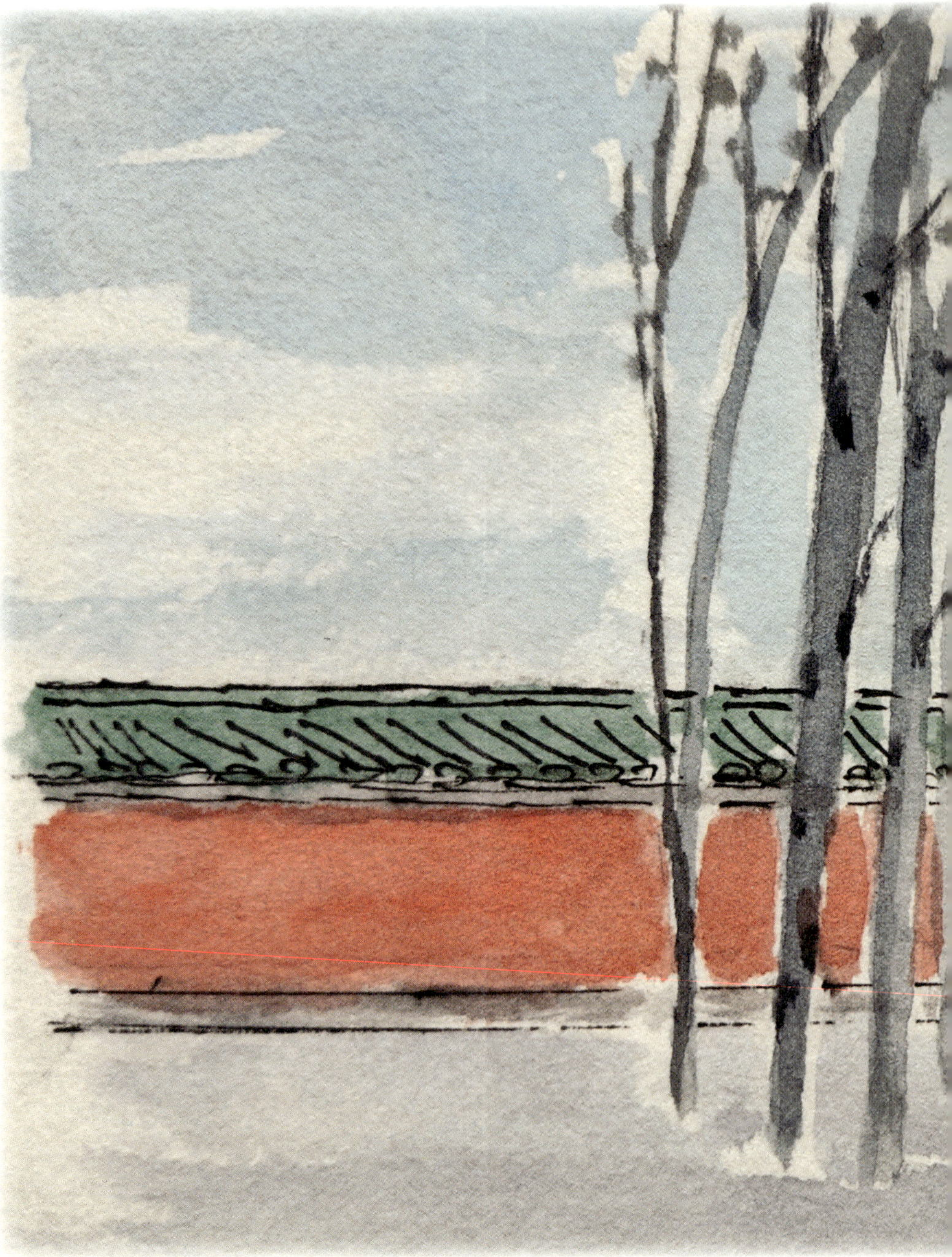

天坛柴禾栏门　肖复兴　2023年4月22日

孩子一晃你就长大了　肖复兴　2024年7月25日雨中

目 录

第一辑　荔枝依旧年年红　　　　1

荔枝　　　　3

清明忆父　　　　7

姐姐　　　　11

窗前的母亲　　　　22

花边饺　　　　26

绉纱馄饨　　　　29

油条佬的棉袄　　　　34

第二辑　少年护城河　　　　　　　　　39

阳光的两种用法　　　　　　　　　　41

少年护城河　　　　　　　　　　　　44

发小儿就是那把老红木椅子　　　　　49

赛什腾的月亮　　　　　　　　　　　55

白桦林　　　　　　　　　　　　　　59

胡杨树　　　　　　　　　　　　　　62

永远的校园　　　　　　　　　　　　66

第三辑　那片绿绿的爬山虎　　　　　73

那片绿绿的爬山虎　　　　　　　　　75

邮局，邮局！　　　　　　　　　　　80

小店除夕　　　　　　　　　　　　　90

面包房　　　　　　　　　　　　　　94

消失的年声　　　　　　　　　　　　102

风中的字　　　　　　　　　　　　　105

第一辑

荔枝依旧年年红

荔　枝

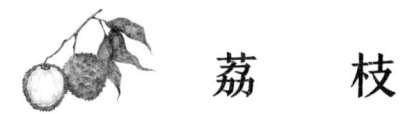

我第一次吃荔枝，是二十八岁的时候。那时，我刚从北大荒回到北京，家中只有孤零零的老母。我站在荔枝摊前，脚挪不动步。那时，北京很少见到这种南国水果，时令一过，不消几日，再想买就买不到了。想想活到二十八岁，居然没有尝过荔枝的滋味，再想想母亲快七十岁的人了，也从来没有吃过荔枝呢！虽然一斤要好几元，挺贵的，咬咬牙，还是掏出钱买上一斤。那时，我刚在郊区谋上中学老师的职，衣袋里正有当月四十二元半的工资，硬邦邦的，鼓起几分胆气。我想让母亲尝尝鲜，她一定会高兴的。

回到家，还没容我从书包里掏出荔枝，母亲先端出一盘沙果。这是一种比海棠大不了多少的小果子，居然每个都长着疤，有的还烂了皮，只是让母亲一一剜去了疤，洗得干干净净。每个沙果都显得晶光透亮，沾着晶莹的水珠，果皮上红的纹络显得格外清晰。不知老人家洗了几遍才洗成这般模样。我知道这一定是母亲买的处理水果，每斤顶多五分或者一角。居家过日子，老人就这样一辈子过来了。不知怎么搞的，我一时竟不敢掏出荔枝，生怕母亲骂我大手大脚，毕竟这是那一年里我买的最昂贵的东西了。

我拿了一个沙果塞进嘴里，连声说真好吃，又明知故问多少钱一斤，然后不住口说真便宜——其实，母亲知道那是我在安慰她而已，但这样的把戏每次依然让她高兴。趁着她高兴的劲儿，我掏出荔枝："妈！今儿我给您也买了好东西。"母亲一见荔枝，脸立刻沉了下来："你财主了怎么着？这么贵的东西，你……"我打断母亲的话："这么贵的东西，不兴咱们尝尝鲜！"母亲扑哧一声笑了，筋脉突兀的手不停地抚摸着荔枝，然后用小拇指甲盖划破荔枝皮，小心翼翼地剥开皮又不让皮掉下，手心托着荔枝，像是托着一只刚刚啄破蛋壳的小鸡，那样爱怜地望着舍不得吞下，嘴里不住地对我说："你说它是怎么长的？怎么红皮里就长着这么白的肉？"毕竟是第一次吃，毕竟是好吃！母亲竟像孩子一样高兴。

那一晚，正巧有位老师带着几个学生突然到我家做客，望着桌上这两盘水果有些奇怪。也是，一盘沙果伤痕累累，一盘荔枝玲珑剔透，对比过于鲜明。说实话，自尊心与虚荣心齐头并进，我觉得自己仿佛是那盘丑小鸭般的沙果，真恨不得变戏法一样把它一下子变走。母亲端上茶来，笑吟吟顺手把沙果端走，那般不经意，然后回过头对客人说："快尝尝荔枝吧！"说得那般自然、妥帖。

母亲很喜欢吃荔枝，但是她舍不得吃，每次都把大个的荔枝给我吃。以后每年的夏天，不管荔枝多贵，我总要买上一两斤，让母亲尝尝鲜。荔枝成了我家一年一度的保留节目，一直延续到三年前母亲去世。

母亲去世前是夏天，正赶上荔枝刚上市。我买了好多新鲜的荔枝，皮薄核小，鲜红的皮一剥掉，白中泛青的肉蒙着一层细细的水珠，仿佛跑了多远的路，累得张着一张张汗津津的小脸。是啊，它们整整跑了一年的长路，才又和我们阔别重逢。我感到慰藉的是，母亲临终前一天还吃到了水灵灵的荔枝，我一直认为这是天命，是母亲善良忠厚一生的报偿。如果荔枝晚几天上市，我迟几天才买，那该是何等的遗憾，会让我产生多少无法弥补的痛楚。

其实，我错了。自从家里添了小孙子，母亲便把原来给儿子的爱分给孙子一部分。我忽略了身旁小馋猫的存在，他再不用熬到二十八岁才能尝到荔枝，他还不懂得什么叫珍贵，什么叫舍不得，只知道想吃便张开嘴巴。母亲去世很久，我才知道母亲临终前一直舍不得吃一颗荔枝，都给了她心爱的太馋嘴的小孙子吃了。

而今，荔枝依旧年年红。

清明忆父

好多童年的事情，过去了那么多年，却依然恍若眼前，连一些细枝末节，都记得特别清楚。记得父亲为我买的第一支笛子，是一角二分钱；第一本《少年文艺》，是一角七分钱；第一把京胡，是两元二角钱……那时候，家里生活不富裕，一家五口全靠父亲微薄的薪水维持，给我买这些东西，父亲是咬着牙掏出这些钱来的。因为那时买一斤棒子面才几分钱，花这么多钱买这些东西，特别是花两块多钱买一把胡琴，显得有些奢侈。

读初二的那一年，我爱上了读书，特别是从同学那里借了一本《千家诗》之后，我对古诗更是着迷。那时候，我家住在前门，离大栅栏不远，大栅栏路北有一家挺大的新华书店，我常常在放学之后到那里看书。多次地翻看，从那书架上琳琅满目的唐诗宋词里，我看中其中四本，最为心仪，总是爱不释手，拿起来，又放下，恋恋不舍。一本是复旦大学中文系编选的《李白诗选》，一本是冯至编选的《杜甫诗选》，一本是游国恩编选的《陆游诗选》，一本是胡云翼编选的《宋词选》。

每一次翻完这四本书后，我总是忍不住看看书后面的定价，《李白诗选》定价是一元五分，《杜甫诗选》定价是七角五分，《陆游诗选》定价是八角，《宋词选》定价是一元三角。四本书加起来，总共要小五元呢。那时候的五元，正好是我在学校里一个月午饭的饭费。每一次看完书后面的定价，心里都隐隐地叹口气，这么多钱，和父亲要，父亲是不会答应的。所以每次翻完书，我都对自己说，算了，不买了，到学校借吧。可是每次到新华书店，我总忍不住要踮着脚尖，把这四本书从架上拿下来，总忍不住翻完书后还要看看后面的定价，似乎希望这一次看到的定价会比上一次看到的要便宜了似的。

那时候，姐姐为了帮助父亲分担家里的负担，不到十八岁就去了包头，到正在新建的京包铁路线上工作。她从工资里拿出大部分，每月给家里寄三十元钱。那一天放学之后，母亲刚刚从邮局里取回姐姐寄来的三十元钱,我清清楚楚地看见母亲把那六张五元的票子,放进了我家放"金银细软"的小箱子里。母亲出去之后,我立刻打开小箱子,从那六张票子里抽出一张,揣进衣兜,飞似的跑出家门,跑到大栅栏,跑进新华书店,不由分说地,几乎是比售货员还要业务熟练地从书架上抽出那四本书,交到柜台上,然后从衣兜里掏出那张五元的票子,骄傲地买下了那四本书。终于,李白、杜甫和陆游,还有宋代那么多有名的词人,都属于我了,可以天天陪伴我一起吟风弄月、说山论河了。

　　回到家,我放下那四本书,非常高兴,就跑出去到胡同里和小伙伴们玩了。黄昏的时候,看见刚下班的父亲一脸铁青地向我走来,把我领回了家,回到家,把我摁在床板上,用鞋底子打了我屁股一顿。我没有反抗,没有哭,什么话也没有说,因为我一眼看到了床头上放着那四本书,知道父亲一定知道了小箱子里少的一张五元的票子是干什么去了。

　　我知道是我错了,我不该私自拿钱去买书,五元对于一个贫寒的家来说是笔不小的数目。

　　挨完打后,我没有吃饭,拿着那四本书,跑回大栅栏的新华书店,好说歹说,求人家退了书。我把拿回来的钱放在父亲的面前,父亲抬头看了我一眼,什么话也没有说。

第二天晚上，父亲回来晚了，天完全黑了下来。母亲已经把饭菜盛好，放在桌子上，我们正等他吃饭。父亲坐在饭桌前，没有端饭碗，而是从他的破提包里拿出了几本书，我一眼就看见，就是那四本书，《李白诗选》《杜甫诗选》《陆游诗选》和《宋词选》。父亲对我说："爱看书是好事，我不是不让你买书，是不让你私自拿家里的钱。"

将近五十年的光阴过去了，我还记得父亲讲过的这句话以及他讲这句话的样子。那四本书，跟随我从北京到北大荒，又从北大荒到北京，几经颠簸，几经搬家，一直都还在我的身旁。大栅栏的那家新华书店，奇迹般地还在那里。一切都好像还和童年时一样，只是父亲已经去世三十八年了。

姐 姐

这个世界上最先让我感受到至为圣洁宽厚的爱，而值得好好活下去的，一个是母亲，一个是姐姐。

一

年轻时，姐姐很漂亮，只是脾气不好，这一点随娘。在我和弟弟落生的时候，娘都把姐姐赶出家门远远地到城外去，说她命硬，会冲了我们降生的喜气。我和弟弟都是姐姐抱大的，只要我们一哭，娘常常不问青红皂白地先把姐姐骂上一顿，或者打上几下。可以说，为了我和弟弟，姐姐没少受气，脾气渐渐变得暴躁而格外拧。

可是，姐姐从来没对我和弟弟发过一次脾气。即使现在我们已经长大成人，在她眼里依然还像依偎在她怀中的小孩。

姐姐的脾气使得她主意格外大，什么事都敢自己做主。娘去世的那一年，她偷偷报名去了内蒙古。那时，正修京包铁路线，需要人。那时，家里生活愈发拮据，娘去世后一大笔亏空，父亲瘦削的肩已力不可支。临行前，姐姐特地在大栅栏为我和弟弟买了双白力士鞋，算是再为娘戴一次孝，带我们到劝业场照了张照片。带着这张照片，姐姐走了，独自一人走向风沙弥漫的内蒙古，虽未有昭君出塞那样重大的责任，但一样心事重重地为了我们而离开了北京。我和弟弟过早尝到了离别的滋味，它使我们因过早品尝人生的苍凉而早熟。从此，火车站灯光凄迷的月台，便和我们命运相交，无法分割。

那一年，姐姐十七岁。

第二年，姐姐结婚了。她再一次的自作主张让父亲很是惊奇却又无奈。春节前夕，她和姐夫从内蒙古回到北京，然后回姐夫的家乡任丘。姐夫就是从那里怀揣着一本孙犁的《白洋淀纪事》参加革命的，人脾气很好，正好和姐姐形成了鲜明的对比。

以后，我和弟弟便盼姐姐回来。因为每次姐姐回来，都会给我们带回许多好吃的、好玩的。我们还是不懂事的小馋猫呀！记得三年困难时期，姐姐到武汉出差，想买些香蕉带给我们，跑遍武汉三镇，只买回两挂芭蕉。那是我第一次吃芭蕉，短短的，粗粗的，口感虽没有香蕉细腻，却让我难忘。望着我和弟弟贪婪地吃着芭蕉的样子，姐姐悄悄落泪。那时，我不明白姐姐为什么要落泪。

那一次，姐姐和姐夫一起来北京，看见我和弟弟如狼似虎贪吃的样子，没说什么。正是我们长身体的时候，肚子却空空的像无底洞，家里粮食总是不够吃……父亲念叨着。姐姐掏出一些全国粮票给父亲，第二天一清早便和姐夫早早去前门大街全聚德烤鸭店排队。那时，排队的人多得不亚于现在办出国签证。我不知道姐姐、姐夫排了多长时间的队，当我和弟弟放学回家时，见到桌上已经摆放着烤鸭和薄饼。那是我们第一次吃烤鸭，以为该是世界上最好吃的东西了。望着我们一嘴油一手油可笑的样子，姐姐苦涩地笑了。

盼望姐姐回家，成了我和弟弟重要的生活内容。于是，我们尝到了思念的滋味。思念有时是苦涩的，却让我们的情感丰富而成熟起来。

姐姐生了孩子以后，回家探亲的日子越来越少。她便常寄些钱来，父亲拿这些钱照样可以买各种各样的东西给我们，我却感到越发思念姐姐了。我们盼望姐姐归来已经不仅仅因为馋嘴，一股浓浓依恋的情感已经长成枝繁叶茂的大树，即使无风依然要婆娑摇曳。

终于，又盼到姐姐回来了，领着她的女儿。好日子太不禁过，像块糖越化越小，即使再精心地含着。既然已经是渴望中的重逢，命中必有一别。姐姐说什么也不要我和弟弟送，因为姐姐来的第二天，正是少先队宣传活动，我逃了活动挨了大队辅导员的批评。那一天中午，姐姐带我们到家附近的鲜鱼口联友照相馆。照相前，她没带眉笔，划着几根火柴，用火柴上燃烧后的可怜的一点点如笔尖上点金一样的炭，分别在我和弟弟眉毛上描了描，想把我们打扮得漂亮些。照完相回到家整理好行装，我和弟弟送姐姐她们娘俩到大院门口，姐姐不让送了，执意自己上火车站，走了几步，回头看我们还站在那里，便招招手说："快回去上学吧！"我和弟弟谁也没动，谁也没说话，就那样呆呆站着，望着姐姐的身影消失在胡同尽头。当我们看到姐姐真的走了，一去不返了，才感到那样悲恸，依依难舍又无可奈何。我和弟弟悄悄回到大院，一时不敢回家，一人伏着一棵丁香树默默地擦眼泪。

我们不知在那里站了多久，一直到一种梦一样的声音突然在耳边响起，抬头一看，竟不敢相信：姐姐领着女儿再次出现在我们的面前,仿佛她早已料到会有这样的场面一样。她摸摸我们的头说:"我今儿不走了!你们快上学吧!"我们破涕为笑。那一天过得格外长!我真希望它能够永远"定格"!

二

在一次次分离与重逢中,我和弟弟长大了。1967年年底,弟弟不满十七岁,像姐姐当年赴内蒙古一样自作主张地报名去青海支援"三线建设",一腔天涯何处无芳草的慷慨豪壮。姐姐以为他去西宁一定要走京包线的,就在呼和浩特铁路站一连等了他三天。姐姐等不及了,一脚踏上火车直奔北京,弟弟却已走郑州直插陇海线,远走高飞了。姐姐不胜悲恸,把原本带给弟弟的棉衣给了我,又带我跑到前门买了顶皮帽,仿佛她已经有了我也要走的先见之明一样。我只是把她本来送弟弟的那一份挚爱与牵挂统统收下了。执手相对,无语凝噎,我才知道弟弟这次没有告别的分手,对姐姐的刺激是多么大。天涯羁旅,茫茫戈壁,会时时跳跃着姐姐一颗不安的心。

就在姐姐临走那天夜里,我隐隐听到一阵微微的哭泣声,禁不住惊醒一看,姐姐正伏在床上,为我赶缝一件棉坎肩。那是用她的一件外衣做面、衬衣做里的坎肩。泪花蒙住她的眼,她不时要用手背擦擦,不时拆下缝歪的针脚重新抖起沾满棉絮的针线……

我不敢惊动她,藏在棉被里不敢动窝,眯着眼悄悄看她缝针、掉泪。一直到她缝完,轻轻地将棉坎肩放在我的枕边,转身要去的时候,我怎么也忍不住了,一把伸出手,紧紧抓住她的胳膊。我本以为我一定控制不住,会大哭起来,可我竟一声没哭,只是一句话也说不出来,喉咙和胸腔里像有一股火在冲、在拱、在涌动……

我就是穿着姐姐亲手缝制的棉坎肩,带着她的棉衣、皮帽以及绵绵无尽的情意和牵挂,踏上北上的列车到北大荒的。那是弟弟走后不到一年的事。从此,我们姐仨一个东北、一个西北、一个内蒙古,离得那么远那么远,仿佛都到了天尽头。我知道以往月台凄迷灯光下含泪的别离,即使是痛苦的,也难再有了,而只会在我们各自迷蒙的梦中。

我和弟弟两个男子汉把业已年老的父亲孤零零甩在北京。就在我离开家不久,父亲被人赶至两间破旧、矮小的房子里,原因是我家走了我和弟弟两个大活人,用不着那么大的空间,外加父亲曾经参加过国民党。老实又胆小的父亲便把家乖乖迁徙到这两间小黑屋中。最可气的是窗户跟前还有一个自来水龙头，全院人喝水洗涮全仰仗它，每天从早到晚的吵闹声使人无法休息，而且水洇得全屋地下潮漉漉的，爬满潮虫。

就在这一年元旦前夕，姐姐、姐夫来到北京开会。他们本可以住到招待所，看到家颓败到这种模样，老人孤零零如风中残烛，便没有住在别处，而在这潮漉漉、黑漆漆的小屋过夜，陪伴、安慰着父亲孤寂的心。这就是我和弟弟甩给姐姐的家。

姐姐、姐夫走的那一天清早，买了许多元宵，煮熟吃时，姐姐、姐夫和父亲却谁也吃不下。元宵本该团圆之际吃，而我和弟弟却远走天涯。她回内蒙古后不时给父亲寄些钱来，其实那本该是我和弟弟的责任。姐姐也常给我和弟弟分别寄些衣物、食品，她把她的以及远逝的那一份母爱一并密密缝进包裹之中。她只要我常常给她写信、寄照片。

当我有一次颇为自得地写信告诉她我能扛起九十公斤重的大豆踩着颤悠悠三级跳板入囤时，姐姐吓坏了，写信告诉我她一夜未睡，叮嘱我一定小心，千万别跌下来，让姐一辈子难得安宁。

又一次她看见我寄去的照片，穿着临走时她给我的那件已经破得不成样子的棉衣，补着我那针脚粗粗拉拉实在难看的补丁，又腰扎一根草绳时，她哭了，哭得那样伤心，以致姐夫不知该怎么劝才好……

三

当我像只飞得疲倦的鸟又飞回北京，北京没有如当年扯旗放炮欢送我一样欢迎我。可怜巴巴的我像条乞讨的狗一样，连一份工作都没有，只好待业在家，才知道无论什么时候只有家才是憩息地。

从我回北京那一月起，姐姐每月寄来三十元钱，一直寄到我考入大学。似乎我理所应当从她那里领取这份"工资"。她已经有三个孩子，一大家子人。而那年我已经二十七岁！每月邮递员呼喊我的名字，递给我这份寄款单时，我的手心都会发热发颤。仿佛长得这么大了，我还是个嗷嗷待哺的孩子。三十元可以派些大的用场，脆薄的自尊与虚荣，常在这几张票子面前无地自容，又无法弥补。幸亏待业时间不长，一年多后，我找到了工作，在郊区一所中学教书。我把消息写信告诉姐姐，要她不要再寄钱给我，我已经有了每月四十二元五角的工资。谁知，姐姐不仅依然按月寄来三十元钱，而且寄来一辆自行车，告诉我："车是你姐夫的，你到郊区上班远，骑车方便些，也可以省点儿汽车钱……"

我从火车货运站取出自行车，心一阵阵发紧。这辆银色的自行车跟随姐夫十几年。我感到车上有姐姐和姐夫的殷殷心意，觉得太对不起他们，不知要长到多大才不要他们再操心！

我盼望着姐姐能再来北京，机会却如北方的春雨般难得了。只是有一次姐姐突然来到北京，让我喜出望外。那是单位组织她到北戴河疗养。她在铁路局房建段当管理员，平凡的工作，却坚持天天不迟到、不请假、坚守岗位，因此年年评什么先进工作者都要评上她。这次到北戴河便是对她的奖励，第一次，也是最后一次。十几年没见面了，姐姐明显老了许多，更让我惊奇的是大热的天，她还穿着棉毛裤。我问她怎么啦，她说早就得了风湿性关节炎。其实，我们小时候，她的腿就已经坏了，那时候我没注意罢了。我们长大了，姐姐老了，花白的头发飘飞在两鬓。她把她的青春献给了内蒙古，也融入了我和弟弟的血肉之躯！

我和弟弟都十分想念姐姐。想想，以往都是她千里奔波来看我们，这次，我大学毕业，弟弟考取研究生，利用暑假，我们各自带着孩子专程去看望一下姐姐！这突然的举动，好让姐姐高兴一下！是的，姐姐、姐夫异常高兴，看见了我们，又看见了和我们当年一般大的两个孩子，生命的延续让人感到生命的力量。临离开北京前，我特意买了两挂厄瓜多尔进口大香蕉，那曾是小时候姐姐和我们最爱吃的。我想让姐姐吃个够！谁知，姐姐看着这样橙黄、硕大的香蕉，不舍得吃，非让我们吃。我和弟弟不吃，她又让两个孩子吃。两个孩子真懂事，也不吃。直至香蕉一个个变软、变黑，最后快要烂了，还是没人吃。没人吃，也让人高兴！姐姐只好先掰开一只香蕉送进嘴里："好！我先吃！都快吃吧，要不浪费了多可惜！"我从来没有吃过这样美味的香蕉！我想起小时候姐姐从武汉买回的那挂芭蕉。人生的滋味真正品味到了，是我们以全部青春作为代价。

昭君墓就在呼和浩特近郊，姐姐在这里生活了这么长时间，却从来没有去过一次。我们撺掇姐姐去玩一次。她说："我老了，腿也不行，你们去吧！"一想到她的老关节炎腿，也就不再劝，我们去的兴头也不大，便带着孩子到城里附近的人民公园去玩。不想那天玩到快出公园大门，天空突然浓云四布，雷雨大作。塞外的豪雨莽撞如牛，铺天盖地而来，那阵势惊人，不知何时才能停下来。我们只好躲在走廊里避雨，待雨稍稍小下来，望望天依然沉沉的，索性不再等雨过天晴，领着孩子向公园门口跑去。刚跑到门口，就听前面传来呼唤我和弟弟的声音。真没有想到，是姐姐穿着雨衣，推着车，站在路旁招呼着我们，后车座上夹满雨具，不知她在这里等了多久！雨珠一串串从打湿的头发梢上滚下来，雨衣挡不住雨水的冲击，姐姐的衣服已经湿漉漉一片，裤子已经完全湿透，紧紧包裹在腿上……

　　姐姐！无论风中、雨中，无论今天、明天，无论离你多近、多远，我会永远这样呼唤你，姐姐！

窗前的母亲

在家里，母亲最爱待的地方就是窗前。

自从搬进楼房，母亲很少下楼。我们都嘱咐她，她自己也格外注意，她知道楼层高、楼梯又陡，自己老了，腿脚不利索，磕着碰着，给孩子添麻烦。每天，我们在家的时候，她和我们一起忙乎着做饭等家务，脚不识闲儿。我们一上班，孩子一上学，家里只剩下她一个人，没什么事情可干，大部分的时间里，她就是待在窗前。

那时，母亲的房间，一张床紧靠着窗子，那扇朝南的窗子很大，几乎占了一面墙，母亲坐在床上，靠着被子，窗前的一切就一览无余。阳光总是那样的灿烂，透过窗子，照得母亲全身暖洋洋的，母亲就像一株向日葵似的特别爱追着太阳烤着，让身子有一种暖烘烘的感觉。有时候，不知不觉地就倚在被子上睡着了。一个盹打过来，睁开眼睛，她会接着望着窗外。

窗外有一条还没有完全修好的马路，马路的对面是一片工地，恐龙似的脚手架，簇拥着正在盖起的楼房，切割着那时湛蓝的天空，遮挡住了再远的景色。由于马路没有完全修好，来往的车辆不多，人也很少，窗前大部分时间是安静的，只有太阳在悄悄地移动着，从窗子的这边移到了另一边，然后移到了窗后面，留给母亲一片阴凉。

我们回家时，只要走到楼前，抬头望一下家里的那扇窗子，就能够看见母亲的身影。窗子开着的时候，母亲花白的头发会迎风摆动，窗框就像一个恰到好处的画框。等我们爬上楼梯，不等掏出门钥匙，门已经开了，母亲站在门口。不用说，就在我们在楼下看见母亲的时候，母亲也望见了我们。那时候，我们出门永远不怕忘记带房门的钥匙，有母亲在窗前守候着，门后面总会有一张温暖的脸庞。即使是晚上很晚我们回家，楼下已经是一片黑乎乎的了，在窗前的母亲也能看见我们。其实，她早老眼昏花，不过是凭感觉而已，不过，那感觉从来都十拿九稳，她总是那样及时地出现在家门的后面，替我们早早地打开了门。

母亲最大的乐趣,是对我们讲她这一天在窗前看见的新闻。她会告诉我们今天马路上开过来的汽车比往常多了几辆,今天对面的路边卸下好多的沙子,今天咱们这边的马路边栽了小树苗,今天她的小孙子放学和同学一前一后追赶着,跟风似的呼呼地跑,今天还有几只麻雀落在咱家的窗台上……都是些平淡无奇的小事,但她有枣一棍子没枣一棒子地讲起来津津有味。

母亲不爱看电视,总说她看不懂那玩意儿,但她看得懂窗前这一切,这一切都像是放电影似的,演着重复的和不重复的琐琐碎碎的故事,沟通着她和外面的世界,也沟通着她和我们的联系。有时候,望着窗前的一切,她会生出一些东一榔头西一棒子的联想,大多是些陈年往事,不是过去住平房时的陈芝麻烂谷子,就是沉淀在农村老家时她年轻的回忆。听母亲讲述这些八竿子都打不到一起的事情的时候,我感到岁月的流逝、人生的沧桑,就是这样在她的眼睛里和窗前闪现着。有时候,我偶尔会想,要是把母亲这些都写下来,才是真正的意识流。

母亲在这个新楼里一共住了五年。母亲去世以后,好长一段时间,我出门总是忘记带钥匙。而每一次回家走到楼下的时候,总是习惯性地望望楼上家的窗户,空荡荡的窗前,像是没有了画幅的一个镜框，像是没有了牙齿的一张瘪嘴。这时，才明白那五年时光里窗前曾经闪现的母亲的身影，对我们是多么的珍贵而温馨；才明白窗前有母亲的回忆，也有我们的回忆；也才明白窗前该落有并留下了母亲多少企盼的目光。

当然，就更明白了：只要母亲在，家里的窗前就会有母亲的身影。那是每个家庭里无声却动人的一幅画。

花 边 饺

小时候,包饺子是我家的一桩大事。那时候,家里生活拮据,吃饺子当然只能等到年节。平常的日子,破天荒地包上一顿饺子,自然就成了全家人的节日。这时候,妈妈威风凛凛,最为得意,一手和面,一手调馅,馅调得又香又绵,面和得软硬适度,最后盆手两净,不沾一星面粉。然后妈妈指挥爸爸、弟弟和我,看火的看火、擀皮的擀皮、送皮的送皮,颇似沙场点兵。

一般,妈妈总要包两种馅的饺子,一种肉一种素。这时候,圆圆的盖帘上分两头码上不同馅的饺子,像是两军对弈,隔着楚河汉界。我和弟弟常捣乱,把饺子弄混,但妈妈不生气,用手指捅捅我和弟弟的脑瓜儿说:"来,妈教你们包花边饺！"我和弟弟好奇地看妈妈将包了的饺子沿儿用手轻轻一捏，捏出一圈穗状的花边，煞是好看，像小姑娘头上戴了一圈花环。我们却不知道妈妈要了一个小小的花招，她把肉馅的饺子都捏上花边，让我和弟弟连吃带玩地吞进肚里，自己和爸爸却吃那些素馅的饺子。

那段艰苦的岁月，妈妈的花边饺，给了我们难忘的记忆。但是这些记忆，都是长到自己做了父亲的时候，才开始清晰起来，仿佛它一直沉睡着，必须让我们用经历的代价才可以把它唤醒。

自从我能写几本书以后，家里的经济状况好转，饺子不再是什么圣餐。想起那些个辛酸和我不懂事的日子，想起妈妈自父亲去世后独自一人艰难度日的情景，我想起码不能再让妈妈在吃的上面受委屈了。我曾拉妈妈到外面的餐馆开开洋荤，她连连摇头："妈老了，腿脚不利索，懒得下楼啦！"我曾在菜市场买来新鲜的鱼肉或时令蔬菜，回到家里自己做，妈妈并不那么爱吃，只是尝几口便放下筷子。我便笑妈妈："您呀，真是享不了福！"

后来，我明白了，尽管世上的食品名目繁多，随人的胃口花样翻新，妈妈雷打不动只爱吃饺子。那是她老人家几十年一贯历久常新的最佳食谱。我知道唯一的方法是常包饺子。每逢我买回肉馅，妈妈看出要包饺子了，立刻麻利地系上围裙，先去和面，再去调馅，绝对不让别人插手。那精神气儿，又回到我们小时候。

那一年大年初二，全家又包饺子。我要给妈妈一个意外的惊喜，因为这一天是她老人家的生日。我包了一个带糖馅的饺子，放进盖帘上一圈圈饺子之中，然后对妈妈说："今儿您要吃着这个带糖馅的饺子，您一准儿是大吉大利！"

妈妈连连摇头笑着说："这么一大堆饺子，我哪儿那么巧能有福气吃到？"说着，她亲自把饺子下进锅里。饺子如一尾尾小银鱼在翻滚的水花中上下翻腾，充满生趣。望着妈妈昏花的老眼，我看出来她是想吃到那个糖饺子呢！

热腾腾的饺子盛上盘，端上桌，我往妈妈的碟中先拨上三个饺子。第二个饺子妈妈就咬着了糖馅，惊喜地叫了起来："哟！我真的吃到了！"我说："要不怎么说您有福气呢！"妈妈的眼睛笑得眯成了一条缝。

其实，妈妈的眼睛实在是太昏花了。她不知道我耍了一个小小的花招，用糖馅包了一个有记号的花边饺。

那曾是她老人家教我包过的花边饺。

绉纱馄饨

北京普通人家,一般爱吃饺子,吃馄饨少。我第一次吃馄饨,是上初中之后,和同学一起在珠市口路北一家饭馆里。饭馆紧靠清华浴池,对面是开明老戏园,那时已改名叫珠市口电影院。我们就是晚上看完电影,到这里每人吃了一碗馄饨。

这是家小店,夜宵专卖馄饨。比起饺子,馄饨皮很薄,但馅儿很少,让人觉得馄饨是样子货,还是馅儿大肉多的饺子吃起来更痛快。

这样的印象被打破,是吃到了我们大院里梁太太包的馄饨之后。梁太太一家是江苏人,梁太太包的馄饨,在我们大院是出了名的。我很小的时候,就听院里街坊议论过梁太太的馄饨，说她做的馄饨皮，加了淀粉和鸡蛋，薄得如纸似纱，对着太阳或灯看，透亮。而且，馄饨皮捏出来的皱褶，呈花纹状，一个小小的馄饨，简直像一朵朵盛开的花，不吃，光是看，就让人爽心悦目，像艺术品。

梁太太自己说，这种馄饨，在她家乡几乎每户人家都会包，人们称作绉纱馄饨。我从来没见过梁太太包的这样精美绝伦的馄饨，都是听街坊们这样说，只有想象而已。心里想，梁家有钱，自然吃的要比一般人家讲究得多。

那时候，梁太太很年轻，她的女儿只有四五岁，比我小两岁。梁先生在银行上班，梁太太不工作，在家里相夫教女。据说，梁先生最爱吃馄饨，所以梁太太才常常要包馄饨。特别是梁先生加夜班的时候，梁太太的馄饨更是必不可少。每次梁先生吃馄饨的时候，她女儿跟着吃，也爱吃得不得了。绉纱馄饨，成了她家经常上演的精彩保留节目。

读高一的秋天，学校组织下乡劳动，我突然拉稀不止，高烧不退。同学赶着一辆驴车，连夜把我从郊区乡间送回北京。在医院里打完针吃了药，回到家之后，一连几天，烧还是不退，浑身虚弱，什么东西都吃不下去，没有一点儿胃口。母亲吓坏了，和街坊们说，想求得什么法子，可以让我吃下东西。人是铁饭是钢，不吃东西，这病怎么好啊！母亲念叨着。街坊们好心出了许多主意。

这天晚上,梁太太来到我家,手里端着一个小钢精锅,打开一看,满满一锅馄饨。梁太太对母亲说:"给孩子尝尝,我特意在汤里点了些醋,加了几片西红柿,开胃的,看看孩子能不能吃一些?"

母亲谢过梁太太,转身找大碗,想把馄饨倒进碗里,好把钢精锅还给梁太太。梁太太摆手说:"不急,不急,来回一折腾,凉了就不好吃了。"说着,转身离去。

母亲用一个小碗盛了几个馄饨,舀了一些汤,递给我。我迷迷糊糊地吃了一个,别说,还真的很好吃,坦率地说,比母亲包的饺子要好吃,馅儿里有虾仁,是吃得出来的,还有什么东西,我就不懂了。总之,很鲜,很香。我喝了一口汤,更鲜,里面不仅放了醋,还有白胡椒粉,真的特别开胃,竟然让我几口就把这碗汤都喝光了。

母亲很高兴,端来锅,又给我盛了一碗。我望了一眼锅里,西红柿的红,紫菜的紫,香菜的绿,汤的白,再加上皮薄如纸皱褶似花的馄饨里肉馅的粉嘟嘟颜色,交错在一起,好看得像一幅水墨画——那是满盘饺子没有的色彩和模样。

病好之后,我还在想梁太太的馄饨,不禁笑自己馋。心想,绉纱馄饨,这个名字取得真是好听。母亲包的饺子,有时也会在饺子皮上捏出一圈圈的小皱褶，我们叫作花边饺子或麦穗饺子，但总觉得没有绉纱馄饨好听。

那时候，梁太太不到四十，显得很年轻，爱穿一件腰身婀娜的旗袍。她女儿刚上初二，虽然和我不在同一所学校，毕竟在大院里一起长大，彼此朋友一样很熟悉。现在想想，有些遗憾的是，再也没有吃过梁太太的绉纱馄饨。

1968年夏天，我去北大荒。冬天，梁太太的女儿到山西插队，和我家只剩下了老两口一样，她家也剩下了梁太太和梁先生相依为命。

六年过后，我从北大荒调回北京当老师，算是我们大院里插队那一拨孩子里最早回来的。梁太太见到我，很有些羡慕。我知道，她女儿还在山西农村，自然希望女儿也能早点儿回来。

回北京一年半之后，我搬家离开大院，临别前一天下午，我去看望梁太太，发现她苍老了许多。算一算，那时候，她应该才五十来岁。我去主要是安慰她，知青返城的大潮已经开始了，她女儿回北京是早晚的事。她坐在那里，痴呆呆地望着我，半天没有说话。我要出门的时候，她才忽然站起来对我说："晚上到我家吃晚饭吧，我给你包绉纱馄饨。"

晚上，她并没有包绉纱馄饨。

事过好几年之后,我听老街坊讲,那时候,她女儿已经在山西嫁给当地农民两年多了。

油条佬的棉袄

牛家兄弟俩,长得都不随爹妈。牛大爷和牛大妈,都是胖子,他们兄弟俩却很瘦削。尤其是等到他们哥儿俩上中学了,出落得更是清秀。那时候,我们大院里的大爷大妈,常拿他哥儿俩开玩笑,说:"你们不是你妈亲生的吧?"牛大爷和牛大妈在一旁听了,也不说话,就咯咯地笑。

牛大爷和牛大妈就是这样性情的人,一辈子老实、随和。他们在大院门前支一口大铁锅,每天早晨炸油条。牛家的油条,在我们那条街上是有名的,炸得松、软、脆、香、透——这五字诀,全靠着牛大爷的看家本事:和面加白矾,是衡量本事的第一关;油锅的温度是第二关;炸的火候是最后一道关。看似简单的油条,让牛大爷炸出了好生意。牛家兄弟俩,就是靠牛大爷和牛大妈炸油条赚的钱长大的。

大牛上高一时，小牛上初一。那时候，大牛高过小牛一头多，而且比小牛英俊，也知道美了，每天上学前照镜子，还用清水抹头发，让小分头光亮些。但是，他特别讨厌我们大院的大人们拿他和他爹妈做对比、开玩笑。他也不爱和爹妈一起出门，除非不得已，他会和爹妈拉开距离，远远地走在后面。最不能忍受的是学校开家长会。好几次家长会通知单，他都没有拿回家给爹妈看。

小牛和哥哥不太一样。他常常帮助爹妈干活儿，星期天休息的时候，他也会帮爹妈炸油条。不过，牛大爷嫌他炸油条的手艺糙，只让他收钱。而且，大牛的学习成绩一直比他好，在哥哥面前小牛有点儿腡眉耷眼。于是，牛家也习惯了，大牛一进屋就捧着书本学习，小牛一放学就拿扫帚扫地干活儿。虽说手心手背都是肉，但在我们大院街坊的眼睛里，牛家两口子有意无意是偏向大牛的，就常以开玩笑的口吻，对牛家两口子这样说。牛大爷和牛大妈听了，只是笑，不说话。

大牛高三那年，小牛初三。两个人同时毕业，大牛考上了工业学院，小牛考上了一个中专学校。两个人都住校，家里就剩下牛大爷和牛大妈，老两口接着炸油条，用沾满油腥儿的钞票，供他们读书。

小牛毕业后，在一家工厂工作，每天又住回家里。大牛毕业后，被分配到一家研究所，住进了单位的单身宿舍里，再也没回家住过一天。别人不清楚，牛大爷和牛大妈心里明镜般地清楚，大牛是嫌弃家里住的这房子破呢。没两年，大牛就结婚了。结婚前，他回家了一趟，跟爹妈要钱。要完钱，就走了，连口水都没有喝。要多少钱，牛大爷和牛大妈都如数给了他，但结婚的大喜日子，他不让牛大爷和牛大妈去，怕给他丢脸。

就是从这以后，牛大爷和牛大妈的身子骨儿开始走下坡路。没几年工夫，牛大爷先卧病在床，油条炸不成了。紧接着，牛大妈一个跟头栽在地上，送到医院抢救过来，落下半身瘫痪。家里两个病人，小牛不放心，只好请长假回家伺候。

大牛倒是也回家来看看，但主要目的还是要钱。牛大爷躺在床上一声不吭，牛大妈哆哆嗦嗦气得扯过盖在牛大爷身上油渍麻花的破棉袄说："你看看这棉袄，多少年了都舍不得换新的，你爸爸辛辛苦苦炸油条赚钱容易吗？这又看病又住院的，哪一样不要钱？你都工作这么多年了，我们没跟你要过一分钱就不错了！你还觍着脸伸手朝我们要钱？"此后，大牛再也没进这个家门。

牛大爷和牛大妈在病床上躺了五六年的样子，先后走了。牛大妈是后走的,她看着小牛为了伺候他们老两口,连个对象都没找,心疼得很。但那时候,她病得很重了,说话言语不清。临咽气的时候,牛大妈指着牛大爷那件油渍麻花的破棉袄,张着嘴巴,大口喘着粗气,使劲儿想说什么,又怎么也说不出来,支支吾吾的,小牛不知道什么意思。

将老人下葬之后很久,处理爹妈的东西,看见了父亲的这件破油棉袄,小牛又想起了母亲临终前那个动作,觉得怪怪的。他拿起棉袄,才发现很沉,抖搂了一下,里面哗哗响。他忍不住拆开了棉袄,棉花中间夹着的竟然是一张张十元钱的票子。那时候,十元钱就属于大票子了。据我们大院里知情的街坊说,老爷子给小牛留下了一百多张十元钱的大票子,也就是说有一千多元呢。那时候,我爸爸行政二十级,每月只拿七十元的工资。

这之后,小牛就离开了大院。谁也不知道他搬到了哪里。我再也没见到他们哥儿俩。

好多年过去了,往事突然复活,是因为前些日子,我听到歌手张宇唱的一首老歌,名字叫作《蛋佬的棉袄》,非常动听。他唱的是一个卖鸡蛋的蛋佬,年轻时不理解母亲,披着母亲给他的一件破棉袄卖蛋度日,懂事后攒钱要让母亲富贵终老,但母亲已经去世了,却发现棉袄里母亲为他藏着的一根金条。"蛋佬恨自己没能回报,夜夜狂啸,成了午夜凄厉的调……他那件棉袄,四季都不肯脱掉……"唱得一往情深,让我鼻酸,禁不住想起牛大爷那件炸油条时穿的破油棉袄。

第二辑

少年护城河

阳光的两种用法

童年的大院里，住的都是一些引车卖浆者流，生活不大富裕，日子各有各的过法。

冬天，屋子里冷，特别是晚上睡觉的时候，被窝里冰凉如铁，家里那时连个暖水袋都没有。母亲有主意，中午的时候，她把被子抱到院子里，晾到太阳底下。其实，这样的法子很古老，几乎各家都会这样做。有意思的是，母亲把被子从绳子上取下来，抱回屋里，赶紧就把被子叠好，铺成被窝状，晚上睡觉我钻进去时，被子里还是暖乎乎的，连被套的棉花味道都烤了出来，很香的感觉。母亲对我说："我这是把老阳儿叠起来了。"母亲一直用老家话，把太阳叫老阳儿。"阳儿"读成"爷儿"音。

从母亲那里，我总能听到好多新词。把老阳儿叠起来，让我觉得新鲜。太阳也可以如卷尺或纸或布一样，能够折叠自如吗？在母亲那里，可以。阳光便能够从中午最热烈的时候，一直储存到晚上我钻进被窝里，温暖的气息和味道，让我感觉到阳光的另一种形态，如同母亲大手的抚摸，比暖水袋温馨许多。

街坊毕大妈，靠摆摊儿养活一家老小。她家门口有一口半人多高的大水缸，冬天用它来储存大白菜，夏天它还有特殊的用处。夏天到来的时候，每天中午，她都要接满一缸自来水，骄阳似火，毒辣辣地照到下午，晒得缸里的水都有些烫手了。水能够溶解糖，溶解盐，水还能够溶解阳光，这大概是童年时候我最大的发现了。溶解糖的水变甜，溶解盐的水变咸，溶解了阳光的水变暖，变得犹如母亲温暖的怀抱。

毕大妈的孩子多。黄昏，她家的孩子放学了，毕大妈把孩子们都叫过来，一个个排队洗澡，她用盆舀的就是缸里的水，正温乎，孩子们连玩带洗，大呼小叫，噼里啪啦的，溅起一盆的水花，个个演出一场哪吒闹海。

那时候，各家都没有现在普及的热水器，洗澡一般都是用火烧热水，像毕大妈这样法子洗澡，在我们大院是独一份。母亲对我说："看人家毕大妈，把老阳儿煮在水里面了！"

我得佩服母亲用词的准确和生动，一个"煮"字，让太阳成了居家过日子必备的一种物件，柴米油盐酱醋茶，这开门七件事之后，还得加上一件，即母亲说的老阳儿。

真的，谁家都离不开柴米油盐酱醋茶，但是，谁家又离得开老阳儿呢？虽说如同清风朗月不用一文钱一样，老阳儿也不用花一分钱，对所有人都大方且一视同仁，而柴米油盐酱醋茶却样样都得花钱买才行。不过，如母亲和毕大妈这样将阳光派上如此用法的人家，也不多。这样的用法，需要一点儿智慧和温暖的心，更需要在艰苦日子里磨炼出的一点儿本事。阳光成了居家过日子的一把好手，陪伴着母亲和毕大妈一起，让那些庸常而艰辛的琐碎日子变得有滋有味。

少年护城河

在我童年住的大院里,我和大华曾经是死对头。原因其实很简单,大华倒霉就倒霉在他是一个私生子,一直跟着小姑过,他的生母在山西,偶尔会来北京看看他,但谁都没有见过他的爸爸,他自己也没见过。这一点,是公开的秘密,大院里的大人孩子都知道。

当时,学校里流行一首名字叫《我是一个黑孩子》的歌,其中有这样一句歌词"我是一个黑孩子,我的家在黑非洲",我改一改词儿:"我是一个黑孩子,我的家不知在何处……"这里黑孩子的"黑"不是黑人的"黑",而是找不着主儿即"私生子"的意思,我故意唱给大华听,很快就传开了,全院的孩子见到大华,都齐声唱这句词儿。

现在想一想，小孩子的是非好恶就是这样简单，又是这样偏颇，真的是欺负人家大华。

大华比我高两年级，那时上小学五年级，长得很壮，论打架，我是打不过他的。之所以敢这样有恃无恐地欺负他，是因为他的小姑脾气很烈，管他很严，如果知道他在外面和哪个孩子打架，不问青红皂白，总是要让他先从家里的胆瓶里取出鸡毛掸子，交给她，然后老老实实撅着屁股，结结实实挨一顿揍。

我和大华唯一的一次动手打架，是在一天放学之后。因为被老师留下训话，我走出校门时天已经黑下来。从学校到我们大院，要经过一条胡同，胡同里有一块刻着"泰山石敢当"的大石碑。由于胡同里没有路灯，漆黑一片，经过那块石碑的时候，突然从后面蹿出一个人影，如同饿虎扑食一般把我按倒在地上，然后，一通拳头如雨，打得我鼻肿眼青，鼻子流出了血。等我从地上爬起来，人影早不见了。但我知道，除了大华，不会是别人。

我们之间的仇，因为一句歌词，也因为这一场架，算是打上一个死结了。从那以后，我们彼此再也不说话，即使迎面走来，也像不认识一样，擦肩而过。

没有想到，第二年，也就是大华小学毕业升入中学那一年夏天，我的母亲突然去世了。父亲回老家沧县给我找了一个后妈。一下子，全院的形势发生了逆转，原来跟着我一起冲着大华唱"我是一个黑孩子，我的家不知在何处"的孩子们，开始齐刷刷地对我唱起他们新改编的歌谣："小白菜呀，地里黄哟；有个孩子，没有娘哟……"

我发现，唯一没有对我唱这个歌的，竟然是大华。这让我有些吃惊，想起一年多前，我带着一帮孩子，冲着他大唱"我是一个黑孩子，我的家不知在何处"，心里有些愧疚，觉得那时候太不懂事，太对不起他。

我很想和他说话，不提过去的事，只是聊聊乒乓球，说说刚刚夺得世界冠军的乒乓球明星庄则栋，就好了。好几次，大家碰到一起，却还是开不了口。再次擦肩而过的时候，我看见他的眉毛往上挑一挑，嘴唇动了动，我猜得出，他也开不了口。或许，只要谁先开口，一下子就冰释前嫌了。小时候，自尊的脸皮，就是那样的薄。

一直到我上中学，和他一所学校，参加了学校的游泳队，一周有两次训练，由于他比我高两年级，老师指派他教我总也学不规范的仰泳动作，我们这才第一次开口说话。这一说话，就像开了闸的水，止不住地往下流，从当时的游泳健将穆祥雄，到毛主席畅游长江。过去那点儿事，就像沙子被水冲得无影无踪，我们一下子成为无话不说的好朋友。童年的心思，有时窄小如韭菜叶，有时又是这样没心没肺，把什么事都抛到脑后。只是，我们都小心翼翼，谁也不去触碰往事，谁也不去提私生子或后妈这令人厌烦的词眼儿。

大华上高一的那年春天，他的小姑突然病故，他的生母从山西赶来，要带着他回山西。那天放学回家，刚看见他的生母，他扭头就跑，一直跑到护城河边。那时，穿过北深沟胡同就到了护城河，很近的道。他的生母，还有大院好多人都跑过去，却只看见河边上大华的书包和一双白力士鞋，不见他的人影。大家沿河喊着他的名字，一直喊到晚上，也没能见到他的人影。街坊们劝大华的生母，兴许孩子早回家了，你也回去吧。大华的生母回家了，但还是没见大华的人影。大华的生母一下子就哭了起来，大家也都以为大华是投河自尽了。

我不信。我知道大华的水性很好，他要是真的想不开，也不会选择投水。夜里，我一个人又跑到护城河边，河水很平静，没有一点儿波纹。我在河边站立很久，突然，我憋足一口气，双手在嘴边围成一个喇叭，冲着河水大喊一声："大华！"没有任何反应。我又喊第二声："大华！"只有我自己的回声。心里悄悄想，事不过三，我再喊一声，大华，你可一定出来呀！我第三声"大华"落地，依然没有回应，一下子感觉透心凉，我一屁股坐在地上，再也忍不住，哇哇地大哭。

就在这时候，河水有哗哗的响声，一个人影已经游到河中心，笔直向我游来。我一眼看出来，那是大华！

我知道，我们的友情，这时候才真正开始。直到现在，只要我们彼此谁有点儿什么事情，不用开口，就像真的有什么心灵感应，有仙人指路一样，对方会在第一时间出现在面前。别人都会觉得过于神奇，我们两人都相信，这不是什么神奇，是真实的存在。这个真实就是友情。罗曼·罗兰曾经讲过，人的一辈子不会有那么多所谓的朋友，真正的朋友，一个就足够。

发小儿就是那把老红木椅子

　　发小儿，是地道的北京话，特别是后面的尾音"儿"，透着亲切的劲儿，只可意会。发小儿，指从小在一起的小学同学。但是，发小儿比起同学，更多了一层友谊的意思。也就是说，同学之间，可能只是同过学而已，没有那么多的交情可言；而发小儿是在摸爬滚打一起长大的年月中有着深厚友谊一说的。比起一般拥有友谊的朋友而言，发小儿又多了悠长时光的浸透，因为很多朋友，是没有发小儿从童年到老年一直在一起那样漫长时间的。从这一点讲，发小儿和你在一起的时间，可能会比你和父母、妻子、孩子在一起的时间还要长久。

　　正是因为有时间这样的维度，童年的友谊，虽然天真幼稚，却也最牢靠，如同老红木椅子，年头再老，也那么结实，耐磨耐碰，漆色总还是那么鲜亮如昨，而且，有了岁月打磨过的厚重包浆，看着亮眼，摸着光滑，使着牢靠。事过经年之后，发小儿就是那把老红木椅子。

黄德智就是我这样的一个发小儿，不能和一般的小学同学同日而语。小学同学有很多，可以称为发小儿的，只能有一位或两位。我和黄德智从小一起长大，有六十多年的友谊。小时候，他家境殷实，住处宽敞，住在前门外草厂三条一个独门独户的小四合院里，在整个一条胡同里，那是非常漂亮的一个院子，大门的门楣上有镂空带花的砖雕，大门上有一副精美的门联：林花经雨香犹在，芳草留人意自闲。虽然看不大懂，但觉得词儿很华丽。

我家住西打磨厂，离他家不远，穿过墙缝胡同就到。为了放学之后学生写作业便于监督管理，老师把就近住的学生分配到一个学习小组，我和黄德智在一个小组，学习的地方就在他家，学习小组的组长，老师就指定他当。几乎每天放学之后，我都要上他家写作业，顺便一起疯玩。天棚、鱼缸、石榴树，他家样样东西都足够让我新奇。我第一次有了这样的感觉，同样都是过日子，各家的日子是不一样的。

到他们家那么多次，我从来没有见过他的爸爸，可能他爸爸一直在外面忙工作吧。每一次，出来迎接我们的都是他的妈妈。他妈妈长得娇小玲珑，面容姣好，皮肤尤其白皙，像剥了壳的鸡蛋。后来，我知道了，她是旗人，当年也是个格格呢。她没有工作，料理家里的一切。她说一口地道的北京话，很和蔼客气，看我们一帮小孩子在院子里疯跑，也没有什么不耐烦，相反，夏天的时候，还给我们酸梅汤喝。那是我第一次喝酸梅汤，是她自己熬制的，酸梅汤放了好多桂花，上面还浮着一层碎冰碴儿，非常凉爽，好喝。

黄德智长得没有他妈妈好看，但是，和他妈妈一样白皙。和我们这些爱玩爱闹的男孩子不大一样，他好静不好动。他没有别的爱好，就是喜欢练书法，这是他从小的爱好。他家有一个老式的大书桌，大概是红木的，反正我也不认识，只觉得油漆很亮，像涂了一层油似的，即使阴天里也有反光。

那是我第一次见到书桌，因为我家只有一个饭桌，吃饭、写作业都在这个饭桌上。他家的书桌上常摆放着文房四宝，还有那么多支大小不一的毛笔悬挂在笔架上，也是我第一次见到。每一次写完作业，我们这些同学回家，可以在街上疯跑，或踢球打蛋，或去小人书铺借书看，他不能出来，被他那个长得秀气的妈妈留在屋子里，拿起毛笔写他的书法。

在学校里，黄德智不爱说话，默默地，像一只躲在树叶后面的麻雀，不显山不露水。但他的毛笔字常常得到教我们大字课的老师的表扬，这是他最露脸的时候，我特别为他骄傲。我的大字写得很一般，他曾经送我一支毛笔和一本颜真卿的字帖，让我照着字帖写，他对我说，他很小就开始临帖了。

有一次，在少年宫举办全区中小学生书法展览，他写的一幅书法在那里展览了。我记得很清楚，是写得很大的一幅横幅，用楷书写的六个大字：风景这边独好。展览会开幕那天，我和他一起去少年宫。其实，我不懂书法，对书法也没有什么兴趣，黄德智送我的那支毛笔和那本字帖，我根本就没有动过。但是，有黄德智的书法在那里展览，我当然要去捧场。所以，去那里，主要是看黄德智这六个楷书大字。

那天的展览，我们班上的同学一个也没有去，常到他家写作业的学习小组里的人，一个也没有去。我挺不高兴的，替黄德智愤愤不平。他却说："你来了，就挺好的了！"这话，让我听后挺感动，我知道，这就是我和他发小儿之间的友谊。

看完展览回去的路上，天上忽然下起雨来，开始雨不大，谁想不大一会儿工夫，雨越下越大，我们两人谁也不想找个地方躲雨，一直往前跑。少年宫在芦草园，靠近草厂三条南口，便都觉得离黄德智家不远了，想赶紧跑到他家再说。但是，就这样不远的路，跑到他家的时候，我们都已经被淋得浑身湿透，像落汤鸡了。

他妈妈看见我们两人狼狈的样子，忙去找来黄德智的衣服，非让我换上不可。然后，又跑到厨房去熬红糖姜汤水，热腾腾的，端上来，让我们一口不剩地喝光。

雨停了下来，我穿着黄德智的衣服走出他家的大门，黄德智送我到胡同口，我又想起了刚才喝的那碗红糖姜汤水，问他："都说红糖水是给生孩子的妈妈喝的，你妈妈怎么给咱们喝这个呀？"他笑着说："谁告诉你红糖水只能是生孩子的妈妈喝？"我们两人都忍不住咯咯地笑起来。我从来没有看到过他这样开心地笑呢。

高中毕业，我去了北大荒插队，黄德智留在北京肉联厂炸丸子，一口足有一间小屋子那么大的大锅，哪吒闹海一般翻滚着沸腾的丸子，是他每天要对付的活儿。我插队回来探亲的时候到肉联厂找他，指着这一锅丸子说："你多美呀，天天能吃炸丸子！"他说："美？天天闻这味儿，我都想吐。"

可是，他一直坚持练书法，始终没有放弃。

我从北大荒刚调回北京那年，跑到他家找他叙旧，他确实没有放弃，白天炸他的丸子，晚上练他的书法。没过几天，他抱着厚厚一摞书来到我家，说是送我的，我打开一看，是人民文学出版社1957年版的十卷本《鲁迅全集》。他说，路过前门旧书店看到的，想我喜欢读书，喜欢写作，就买下了。我问他多少钱，他说二十二元。那时候，他每月的工资才四十多元，我刚要说话，他马上又对我说："接着写你的东西，别放弃！"

如今，黄德智已经成为一名不错的书法家，他的作品获过不少的奖，陈列在展室里，悬挂在牌匾上，印制在画册中。前几年，黄德智乔迁新居，我去他新家为他稳居。奇怪的是，在他的房间里没有看见他的一幅书法作品，我问他，他说觉得自己的字还不行。他的作品一包包卷起来都打成捆，从柜子的顶部一直挤满到了房顶。他打开他的柜子，所有的柜门里挤满了他用过的毛笔。打开一个个盛放毛笔的盒子，一支支用秃的笔堆在一起，如同一座小山。他说起那些笔里面的沧桑，胜似他的作品，就如同树下的根，比不上枝头的花叶漂亮，却是树的生命所系，盘根错节着日子的回忆。其中一段，属于我和他的小学回忆。

一个人，经历了人生种种，会有很多回忆，但发小儿这一段回忆，无与伦比。我说过，发小儿就是那把老红木椅子。一个人，如果老了之后，还能和一个或几个发小儿保持联系，是极其难得的。哪怕你老得走不动道了，有发小儿在，你就有了一把这样结实可靠的老红木椅子，可以安心舒心地靠靠，聊聊天，品品茶，还可以品出人生别样的滋味。

赛什腾的月亮

又到中秋节了,不知道柴达木赛什腾山上的月亮,今年是不是和往年一样的圆?

赛什腾山应该算是昆仑山的余脉,那时候,在青海石油局的冷湖四号老基地,从哪个井队的位置上都可以望到它。望着它,觉得很近,却是望山跑死马,跑到山脚下,至少要花上半天的时间。

那时候,是指1968年。这一年,北京的初三学生甘京生和一批北京的中学生来到冷湖,成为一名石油工人。那时候,他还不到十八岁。就在那一年的中秋节,井队放假,他和几个同学约好,一上午就从四号老基地出发,往那座已经望了大半年的赛什腾山走去。那座每天都会映入眼帘的赛什腾山，在柴达木明亮得有些刺眼的阳光照射下，有时候会如海市蜃楼一般缥缈，让甘京生对它充满无数的想象。甘京生喜欢幻想，或许这是他从小时候就养成的习惯，他喜欢独自一人望着天空或树林或校园里的篮球架遐想联翩。大概和他喜欢读文学的书籍有关，那些书让他常常禁不住心旌摇荡，天马行空。

否则，他不会和同学约好向那座秃山走去。去之前，师傅就对他说过："那山上什么也没有，从来就没有人爬上去过，你去那儿干啥？"他还是执意去了，累得一身的大汗，走了整整一个上午，下午一点多的时候才走到山脚边，吃了点儿东西继续爬，下午四点多的时候，终于爬到了山顶。山上除了有些芨芨草和星星点点的黄色的野花，都是一些裸露的灰色石头，仿佛月球的表面，显得那样荒寂。

但是，甘京生很兴奋，他管这些小黄花叫赛什腾花，就像老一辈石油人找到了石油把山下那一片井架林立的地方命名为冷湖一样。青春年少能够燃烧激情和幻想，让平凡琐碎的日子焕发出光彩。中秋节的天气在柴达木盆地已经冷了，天黑得也早了。爬上山没有多久，天色就渐渐暗了下来，秋风一吹，有些萧瑟沁凉如水的感觉，同学们都说赶紧下山吧，天再黑下来，下山的路就不好找了。他却坚持要等到月亮出来。"好不容易来一趟赛什腾山,又赶上中秋节,没看到月亮怎么行?"他对同学说。同学只好陪他一起看月亮。

那是甘京生第一次在赛什腾山看到月亮。那赛什腾的月亮,令他一生难忘。他能说出赛什腾的月亮和北京的月亮有什么不一样吗? 他说不清楚,只觉得天远地阔,四周一片荒凉,月亮却和照在北京城里一样,那样浑圆明亮地照在这里没有一点儿生命气息的石头和萋萋野草,还有他刚刚命名的赛什腾花上。他觉得月亮真的非常伟大,对世界万物无论尊卑贵贱、无论远近大小,都是一视同仁地那样平等。

这是第二年我在北京见到甘京生时,他对我说起中秋节爬赛什腾山看月亮时候讲的话。那一年夏天,他回北京探亲,专程来家看我,从青海回京的途中,他一路下车,不停游玩,看过云冈石窟,他还在那里买了几本旧书,带回来送我。他的这一举动,让我刮目相看,好不容易有了数天规定好的探亲假,还不早早回家,谁舍得把时间浪费在路上,还惦记逛书店,买几本当时看来无用,甚至被视为有害的书? 他的浪漫之情,和当时正在热闹闹搞阶级斗争的气氛是多么的不谐调。

那是我第一次见到他。他和我弟弟是同学,又同在冷湖为石油工人,他是受弟弟之托来看我的。那一天晚上,他住在我家,我们抵足未眠,秉烛夜谈,聊了很多,他说这番话时，像一个文艺青年。如今，文艺青年像一个贬义词了，其实，真正成为一个文艺青年，并不容易，他除了必须具有文艺气质，更需要一颗怀抱对生活和对文学一样真正的赤子之心。这不是装出来的，而是一生的追求。

甘京生难得，是他并不只是在他十八岁那一年心血来潮爬了一次赛什腾山，看了一次中秋节赛什腾的月亮。从那一年开始，每年中秋节他都会爬一次赛什腾山，看一次赛什腾的月亮。20世纪80年代，他调到冷湖石油局中学里当语文老师，兼班主任。他开始带着他班上的学生，每年中秋节爬赛什腾山，看赛什腾的月亮。那些生在柴达木、长在柴达木、从未出过柴达木的孩子，从来没有特别注意过中秋节的月亮，更没有爬上赛什腾山看月亮的习惯。甘京生当了他们的老师之后，赛什腾的月亮，成为他们日记和作文中的内容，成为他们学生时代最美好而难忘的回忆。他让这些孩子看到了虽旷远荒寂却属于柴达木自己的独特的美。

甘京生离世已经二十多年了。他是因病去世的，他走得太早。如今，他教过的第一批由他带领爬赛什腾山看月亮的学生，已经四十多岁，他们的孩子到了读中学的年龄。不知道还会有哪一位老师带他们爬赛什腾山看中秋的月亮？

赛什腾的月亮！

白 桦 林

我见过的白桦林不多,以前只在北大荒我们的农场和852农场见过。我们农场那片白桦林靠近七星河边,852农场那片白桦林就在场部的边上,当初大概就是因为有这样一片漂亮的白桦林,才会择地而栖将场部建在那里吧?

在所有的树木中,白桦和白杨长得有些相像,但只要看白桦的树干亭亭玉立,树皮雪白如玉,一下子就把白杨比了下去。尤其是浩浩荡荡的白桦连成了一片林子,尤其是这两处白桦林都有几百年的历史,那种天然野性的气势,更是白杨和其他树难比的。白桦林让人想起青春,想起少女,想起肃穆沉思的力量和寥廓霜天的境界。

在新疆,钻天的白杨到处可见,但白桦很少。所以,当到达阿勒泰，朋友说带我们看他们这里的桦林公园，我很有些吃惊。但真正见到之后，第二天又到哈纳斯湖旁看见白桦林，并没有一点儿惊奇。不是它们不美，是它们都无法和我在北大荒见过的白桦林相比。这里的白桦林大多长得有些矮，树干有些细，树冠又有些披头散发，没有北大荒的白桦林那样高耸入云，那种铺铺展展的野性，和那股苗条秀气的劲头。特别是树皮也没有北大荒的白，而且多了许多如白杨树一样的疤痕，皮肤一下子粗糙了许多。加之枝条散落，压低了树干，更少了白桦林应有的那种洁白如云的气势。想起北大荒的白桦林，总会想起秋天白桦的叶子一片金黄灿灿，像是把阳光都融化进自己的每一片叶子里似的。雪白的树干在一片金黄的对比中便显得越发美丽。到了大雪封林的时分，雪没了树干老深，像是高挑而秀气的一条条美腿穿上了雪白的高筒靴，洁白的树干静静的，在雪花的映衬下相得益彰，仪态万千。开春，是我们最爱到白桦林去的季节，那时用小刀割开白桦树的树皮，里面会滴下来白桦的汁液，露珠一样格外清凉、清新。什么时候到林子里去，都能见到斑驳脱落的白桦树皮，纸一样的薄，但韧性很强，而且雪一样的白，用它们来做过年的贺卡最别致。只是那时我们谁也没有想到。后来看普里什文的《林中水滴》，他描写雪中的白桦林时忍不住问："它们为什么不说话？是见到我害羞吗？""雪花落了下来，才仿佛听见簌簌声，似乎是它们奇异的身影在喁喁私语……"便想起北大荒的白桦林。并不是因为青春时节在北大荒，便对那里的一切涂抹上人为诗化的色彩。确实是那里的白桦林与众不同。我们那时的生活是苦楚而苍白的，但自然界却有意和我们的现实生活做对比似的，让白桦林是那样的清新夺目，让我们感受到，在艰辛之中，诗意的生存并没有完全离我们远去。有些树木是难以入画的，但白桦最宜于入画，尤其是油画。列维坦曾经画过一幅《白桦丛》的油画，画得很美，但不是北大荒的白桦林，是阿勒泰和哈纳斯的白桦林。因为画得枝干瘦小，枝叶低垂，没有北大荒那种由高大、粗壮、枝叶钻天带给我们的野性，和那种树皮雪白的独特带给我们的清纯与回忆。

不知852农场那片白桦林现在怎么样了。几年前我们农场七星河畔那片白桦林已经没有了，彻底地没有了。说是为了种地多挣钱，便都砍伐干净。那么大一片漂亮的白桦林，说没有就没有了。

胡 杨 树

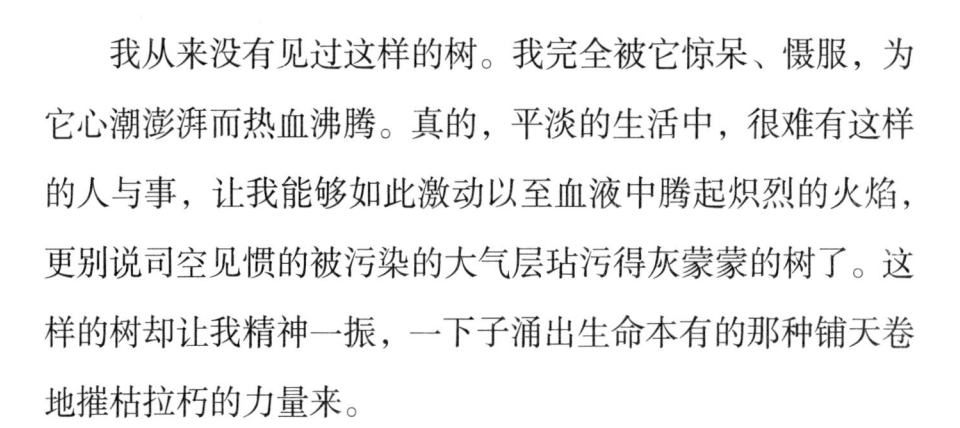

我从来没有见过这样的树。我完全被它惊呆、慑服，为它心潮澎湃而热血沸腾。真的，平淡的生活中，很难有这样的人与事，让我能够如此激动以至血液中腾起炽烈的火焰，更别说司空见惯的被污染的大气层玷污得灰蒙蒙的树了。这样的树却让我精神一振，一下子涌出生命本有的那种铺天卷地摧枯拉朽的力量来。

这便是胡杨树！

这样的树只有在这大漠荒原中才能够见到。站在清冽而奔腾的塔里木河畔，纵目眺望南北两岸莽莽苍苍的胡杨林，我的心中感受到一种从未有过的震撼，如同那汹涌的河水冲击着我的心房。

塔里木河两岸各自纵深四十余公里，是胡杨的领地。前后一片绿色，与包围着它的浓重的浑黄做着动人心魄的对比。这一片浓重的颜色波动着，翻涌着，连天铺地，是这里最为醒目的风景线。

真的，只要看见这样的树，其他的树都太孱弱渺小了。都说银杏树古老，一树金黄的小扇子扇着不尽的悠悠古风，能比得上胡杨吗？一亿三千五百万年前，胡杨就在这个地球上了。都说松柏苍翠，经风霜不凋，如叶针般坚贞不屈，能比得上胡杨吗？胡杨不畏严寒酷暑，不怕风沙干旱，活着不死一千年，死后不倒一千年，倒地不烂又一千年，松柏抵得上它这三千年如此顽强的生命力和宁折不弯、宁死不朽的性格吗？更不要说纤纤如丝摇弯腰肢的杨柳，一抹胭脂红取媚于春风的桃李，不敢见一片冰冷雪花的柠檬桉，不能离开温柔水乡的老榕树……

胡杨！只有胡杨挺立在塔里木河畔，四十公里方阵一般，如横空出世，威风凛凛。无风时，它们在阳光下岿然不动，肃穆超然犹如静禅，仪态万千犹如根雕——世上永远难以匹敌的如此巨大苍莽而诡谲的根雕。它们静观世上风云变幻，日落日出，将无限心事埋在心底。它们每一棵树都是一首经得住咀嚼和思考的无言诗！

劲风掠过时，它们纷披的枝条抖动着，如同金戈铁马呼啸而来，如同惊涛骇浪翻卷而来。它们狂放不羁地啸叫，它们让世界看到的是男儿心，是英雄气，是泼墨如云的大手笔，是世上穿戴越来越花哨却越来越难遮掩单薄的人们所久违的一种力量，一种精神！

远处望去，它们显得粗糙，近乎梵高笔下的矿工速写和罗中立笔下的父亲皱纹斑斑的脸。但它们都苍浑而凝重，遒劲而突兀，每一棵树都犹如从奥林匹亚山擎着火把向你奔来的古希腊男子汉。

走近看，每一棵树的树皮都皲裂着粗粗大大的口子，那是岁月的标记，是风沙的纪念，如同漂洋过海探险归来的航船，桅杆和风帆上挂满千疮百孔，每一处疤痕都是一枚携风挟雷的奖章。每一棵树的树干都扭曲着，如同剽悍的弓箭手拉开强劲的弓弩，绷开一身赤铜色凸起饱绽的肌肉。每一棵的树枝都旋风般直指天空，如同喷吐出的蛇芯，摇曳升腾的绿色火焰。

这样的树，饱经沧桑，参悟人生。它们把最深沉的情感埋在根底，把最坚定的信念写在枝条，把要倾吐的一切付与飞沙走石与日月星辰。这样的树，永远不会和大都市用旋转喷水龙头浇灌的树、豪华宴会厅中被修剪得平整犹如刚剪过发的树雷同。

　　我会永远珍惜并景仰这种树！我摘下几片胡杨树叶带回北京，那是儿子专门嘱咐我带给他的。树叶很小，上面有许多褐色斑点，如同锈的痕迹，比柳树叶还要窄、短，甚至丑陋。但儿子说北京没有这种树。是的，北京没有。

永远的校园

我离开校园的时间已经很长了。我是1982年大学毕业，留校教了三年的书，而后自以为是要闯荡更广阔的生活，那样毅然离开校园的，算算至今已有十四个年头了。在我五十二岁的人生中，我上了十六年的学，当了大、中、小学的老师十年，一共二十六年，校园生活占去一半还要多一点。可见，校园刻印在我的生命里，而我却离开了它。我常想起校园，常责备自己当初那样的选择是不是对校园的一种背叛？

我是恢复高考制度后的第一批大学生。1978年的冬天，我到中央戏剧学院报到，是"二进宫"，因为在1966年时就考入了这所学院，"文革"爆发了，我和它阔别了十二年，也和校园阔别了十二年。当我重新回到校园时，已经三十一岁了，虽然有些苍老，但感觉还是那样年轻，这种感觉来自我自己，也来自校园。我总想起报到的那一年冬天，躺在宿舍的二层铺上睡不着觉时，听窗外白杨树被寒风吹得萧瑟的声音；我总想起第二年的春天，一眼望见校园里的藤萝架缀满紫嘟嘟的花瓣的情景。我第一次走进这所校园参加考试，就是先看见这一架紫嘟嘟花瓣的藤萝的，那时我才十九岁。重现的旧景旧情，往往能使人产生幻想，以为自己和校园都依然像以往一样年轻。实际上，我和校园都已经青春不再了。尤其是逝去的岁月并不是在校园里流淌，而是渗进荒芜的北大荒的黑土地上，校园里没有留下我的足迹，校园只给予我一个伤痛的符号。

那时候，我才真正地对校园产生一种珍惜之情。校园对于一个人的青春是何等重要，是任何别的地方别的事物都无法取代、无可比拟的。如果说青春是一条河，那么，这条河流淌过的树木芬芳、草丛湿润的两岸，应该大部分属于校园。在我三十一岁青春只剩下个尾巴的时候，失去了校园十二年之久，我才体味出校园对于一个人生命的意义。就像一位诗人曾经说过的：失去的才懂得珍惜，拥有的总不在乎。

记得刚刚入学的时候，无论在校园内还是在校园外，我总要把学院的那枚白底红字的学生校徽戴在胸前。其实，按照我的年龄应该戴老师的那种红徽章才是，戴这种白校徽和年龄不相符合，颇有些范进中举式的可笑。但我还是戴了好些日子，它让我产生对校园的亲切感，也让人知道我和校园是同在一起的自豪感。

如果问我这一辈子什么最让我留恋？那就是校园。离开校园之后，这种感情与日俱增。在以后的日子里，偶然之间，我也曾到过一些大学，或者说大学闯入了我的生活，更让我涌出一种故友重逢、他乡遇故知的感觉。其中最让我难忘的有两次，一次是在厦门大学，一次是在天津大学。

我的一个学生在厦门大学读书，她陪我参观了整个校园，鲁迅先生的雕像，陈嘉庚先生资助建造的体育场、教学楼、实验楼……到处是年轻学生青春洋溢的脸，到处是南方特有的高大葳蕤的树，到处是亚热带的奇异芬芳的花。青春时节像是一只鸟或是一粒种子，能够在这样的环境里飞翔或种植，该是多么美好和适得其所。

她带我推开礼堂的大门，偌大的礼堂空荡荡的、静悄悄的，只有台上亮着灯，几个老师和学生在布置着舞台，大概晚上有演出。这种安谧的气氛、空旷的空间，以及几粒橘黄色的灯光童话般地闪烁，没有喧嚣、没有纷扰……只有门外蓝得像水洗了一般的高远浩渺的天空，还有那流动着的湿润、带着树木的清香，弥漫在身旁。这些，都是只在校园里才会拥有的境界。只有在这里，一切才变得如此清新，心情才得以超凡脱俗的净化。若能够在这里再读几年书，该是多么好啊！青春的血液该像是过滤透析一样，清水般的清澈。那一刻，时光倒流，我像又回到了学生时代。

那次我到天津人民广播电台录制我的一部长篇小说，那么巧，电台的朋友把我安排在天津大学校园住。我住进去时已是夜晚，四周被浓郁的树木包围着，林间有清脆的鸟鸣，不远处有明亮的灯光，间或能碰见几个正高谈阔论而迟归的学生，空气中没有那种在别处常有的煤烟味和烧菜的油烟味，只有弥漫着的淡淡的花香和潮湿的泥土的土腥味道。我知道这是只有校园才会喷发的气息，它让我感到熟悉，感到亲切，它和别处不一样，它有的只是这样的清淡和清新。

第二天清早，我漫步在校园的甬道上，一直走到主楼前的飞珠跳玉般的喷水池旁，我更体会到只有校园才会拥有的独一无二的氛围。看着那么多年轻的学生，或捧着书在读，或拿着饭盒急匆匆地在走，或抱着球风一样在跑，身影消失在操场上、饭厅里和绿荫蒙蒙的树丛里、晨雾里，我很羡慕他们。我想，如果能让我重返校园，无论是读书还是教书，我一定会比以前更珍惜、更认真。我当时真的这样想：还有什么地方能比校园更美好，更让人感动呢？也许是走过了一些别的地方，看到了一些不愿意见到的事物，才对校园别有一番情感？也许校园本身是相对纯净一些，而让人产生一种世外桃源的错觉吧？同时，我也在想：青春真是一刹那，稍纵即逝。我眼前的这些可爱的学生一般只能在校园里待四年，即使读硕士、博士，也就七年或十年，他们很快就得离开校园，都要和我一样迅速被这个强悍的外部世界同化而变老。那次，我在天津大学住了十多天，一直到把那部长篇小说录音完。十几个清晨和夜晚，我都在校园和学生在一起，便也和校园外的喧嚣隔绝了十几天，感受到久违的青春气息，虽然有些伤感和惆怅，但美好难再。后来，我把这部长篇小说的名字叫作《青春梦幻曲》。

去年，我的儿子被保送到北京大学，学校要家长直接递送保送的表格，我第一次走进这个校园。未名湖、三角地、五四运动场、新建的图书馆……我都是第一次见到，却让我感到是那样的熟悉，仿佛以前在哪里见过。我知道是校园才会让我涌出这种感觉和感情。绿树红楼、蓝天白云、微风荡漾的湖水、曲径通幽的甬道……还有那些学生，让我感到是那样的亲切。我几次问路，学生们都是那样彬彬有礼，而且用他们青春的手臂指向前方的路。然后,他们消失在绿荫摇曳的前方,于是,一下子绿意葱茏而飘荡起动人的绿雾。这种感觉是只有在校园里才会拥有的,虽然我知道只要走出校园,这种感觉便会像是惊飞的鸟一样荡然无存,但我仍然为这种瞬间的感觉而感动。想想儿子就要在这样美好的校园里读书,我心里漾起祝福,也隐隐有些嫉妒,同时也在想,他能够和我一样,在经过了沧桑之后对校园充满着珍惜之情吗?

记得去年一个星期天,儿子在学校复习功课,我去找他,特意带了相机。那所有一百多年历史的中学,也曾是我的母校。儿子就要离开它了,和中学时代告别。我希望给他留下几张照片作为纪念,也想和他一起同母校留影,留下校园的回忆。校园异常安静,百年历史的老钟还在,教学楼巍峨的身影依然,儿子像小鹿一样蹦蹦跳跳地跑下楼来,青春的气息和满园馥郁的月季一起在校园里洋溢芬芳。三十二年前,我和他一样大小,一样高中毕业,一样青春洋溢而所向空阔,一样想从这个中学的校园蹦到自己心目中理想的大学校园……

我和儿子站在了教学楼前的校牌旁。三十二年了,校牌依旧,我和儿子一人站在它的一边,两代人的梦都在它的身旁实现。照片会留下岁月和历史,留下深情和记忆。即使我们都不在了,照片还在,校园还在,永远的校园会为我们作证。

第三辑

那片绿绿的爬山虎

那片绿绿的爬山虎

1963年，我上初三，写了一篇作文叫《一张画像》，是写教我平面几何的一位老师。他教课很有趣，为人也很有趣，致使这篇作文写得也自以为很有趣。经我的语文老师推荐，这篇作文竟在北京市少年儿童征文比赛中获了奖。当然，我挺高兴。一天，语文老师拿来厚厚一个大本子对我说："你的作文要印成书了，你知道是谁替你修改的吗？"我睁大眼睛，有些莫名其妙。"是叶圣陶先生！"老师将那大本子递给我，又说："你看看叶老先生修改得多么仔细，你可以从中学到不少东西！"

我打开本子一看，里面有这次征文比赛获奖的二十篇作文。我翻到我的那篇作文，一下子愣住了：首先映入眼帘的是红色的修改符号和改动后增添的小字，密密麻麻，几页纸上到处是红色的圈、钩或直线、曲线。那篇作文简直像是动过大手术鲜血淋漓又绑上绷带的人一样。回到家，我仔细看了几遍叶老先生对我作文的修改。题目《一张画像》改成《一幅画像》，我立刻感到用字的准确性。类似这样的地方修改得很多，长句子断成短句的地方也不少。有一处，我记得十分清楚："怎么你把包几何课本的书皮去掉了呢？"叶老先生改成："怎么你把几何课本的包书纸去掉了呢？"删掉原句中"包"这个动词，使句子干净了，也规范了。而"书皮"改成了"包书纸"更确切，因为书皮可以认为是书的封面。我真的从中受益匪浅，隔岸观火和身临其境毕竟不一样。这不仅使我看到自己作文的种种毛病，也使我认识到文学事业的艰巨：不下大力气，不一丝不苟，是难成大气候的。我虽然未见叶老先生的面，却从他的批改中感受到他的认真、平和以及温暖，如春风拂面。

  叶老先生在我的作文后面写了一则简短的评语：这一篇作文写的全是具体事实，从具体事实中透露出对王老师的敬爱。肖复兴同学如果没有在这几件有关画画的事儿上深受感动，就不能写得这样亲切自然。这则短短的评语，树立起我写作的信心。那时我才十五岁，一个毛头小孩，居然能得到一位蜚声国内外文坛的大文学家的指点和鼓励，内心的激动可想而知，涨涌起的信心和幻想，像飞出的一只鸟儿抖着翅膀。那是只有那种年龄的孩子才会拥有的心思。

这一年暑假，语文老师找到我，说："叶圣陶先生要请你到他家做客！"

我感到意外。像叶圣陶先生这样的大作家，居然要见一个初中学生，我自然当成人生中的一件大事。

那天，天气很好。下午，我来到东四北大街一条并不宽敞却很安静的胡同。叶老先生的孙女叶小沫在门口迎接了我。院子是典型的四合院，敞亮而典雅，刚进里院，一墙绿葱葱的爬山虎扑入眼帘，使得夏日的燥热一下子减少了许多，阳光都变成绿色的，像温柔的小精灵一样在上面跳跃着，闪烁着迷离的光点。

叶小沫引我到客厅，叶老先生已在门口等候。见了我，他像会见大人一样同我握了握手，一下子让我觉得距离缩短不少。落座之后，他用浓重的苏州口音问了问我的年龄，笑着讲了句："你和小沫同龄呀！"那样随便、和蔼，作家头顶上神秘的光环消失了，我的拘束感也消失了。越是大作家越平易近人，原来他就如一位平常的老爷爷一样让人感到亲切。

想来有趣，那一下午，叶老先生没谈我那篇获奖的作文，也没谈写作。他没有向我传授什么文学创作的秘诀、要素或指南之类。相反，他几次问我各科学习成绩怎么样。我说我连续几年获得优良奖章，文科、理科学习成绩都还不错。他说道："这样好！爱好文学的人不要只读文科的书，一定要多读各科的书。"他又让我背背中国历史朝代，我没有背全，有的朝代顺序还背颠倒了。他又说："我们中国人一定要搞清楚自己的历史，搞文学的人不搞清楚我们的历史更不行。"我知道这是对我的批评，也是对我的期望。

我们的交谈很融洽，仿佛我不是小孩，而是大人，一个他的老朋友。他亲切之中蕴含的认真，质朴之中包容的期待，把我小小的心融化了，以至于不知黄昏什么时候到来，悄悄用落日的余光染红窗棂。我一眼又望见院里那一墙的爬山虎，黄昏中绿得沉郁，如同一片浓浓湖水，映在客厅的玻璃窗上，不停地摇曳着，显得虎虎有生气。那时候，我刚刚读过叶老先生写的一篇散文《爬山虎》，便问："那篇《爬山虎》是不是就写的它们呀？"他笑着点点头："是的，那是前几年写的呢！"说着，他眯起眼睛又望望窗外那爬山虎。我不知那一刻老先生想起的是什么。

我应该庆幸，有生以来第一次见到作家，竟是这样一位大作家，一位人品与作品都堪称楷模的大作家。他对于一个孩子平等真诚又宽厚期待的谈话，让我十五岁那个夏天富有生命和活力，仿佛那个夏天变长了。我好像知道了或者模模糊糊懂得了：作家就是这样做的，作家的作品就是这么写的。同时，在我的眼前，那片爬山虎总是那么绿着。

邮局，邮局！

对于邮局，我一直情有独钟。在我的印象中，某些特殊的行业，都有自己的代表颜色，医院是白色的，消防队是红色的，邮局是绿色的。为什么邮局是绿色的，我一直不明就里，但一直觉得绿色和邮局最搭，邮局就应该是绿色的。绿色总给人以希望，人们盼望信件的到来，或者期冀信件寄达的时候，心里总是充满期待的。

小时候，家住的老街上，有一家邮局。它在我们大院的斜对门，一座二层小楼，门窗都漆成绿色，门口蹲着一个粗粗壮壮的邮筒，也是绿色的。这样醒目的绿色，是邮局留给我最初的印象。远远望去，那邮筒像一条邮局的看门狗，只不过，狗都是黄色或黑色，没见过绿色的狗，就又觉得说它是邮局的门神更合适。可惜，这样颇有年代感的邮筒，如今难得一见了。

这家邮局，以前是一座老会馆的戏台，倒座房，建在会馆的最前面，清末改造成了邮局，是老北京城最早的几家邮局之一。我第一次走进这家邮局，上小学四年级。那时的邮局，兼卖报纸杂志，放在柜台旁的书架上，供人随便翻阅挑选。我花了一角七分钱，买了一本上海出的月刊《少年文艺》，觉得内容挺好看的，以后每月都到那里买一本上海出的《少年文艺》。读初中的时候，父亲因病提前退休，工资锐减，在内蒙古风雪弥漫的京包线上修铁路的姐姐，每月会寄来三十元钱贴补家用。每月，我会拿着汇款单，到这里取钱，顺便买《少年文艺》。每一次，心里都充满期待，都会感到温暖，因为有《少年文艺》上那些似是而非的故事，在那里神奇莫测地跳跃；有姐姐的身影，朦朦胧胧在那里闪现。

读初中的时候，我看过长春电影制片厂的一部电影《鸿雁》。不知为什么，这部电影，留给我印象很深，至今难忘，尽管只是一部普通的黑白片。那个跋涉在东北林海雪原的邮递员，怎么也忘不了。我想象着，姐姐每个月寄给家里的钱，我给姐姐写的每一封信，也都是在邮递员这样绿色的邮包里吗？也都是经过漫长的风雪或风雨中的跋涉吗？每一次这么想，心里都充满感动——对邮局，对邮递员。

那时候，邮递员每天上下午两次挨门挨户送信、送报纸。他们骑着自行车——也是绿色的，骑到大院门口，停下车，不下车，脚踩着地，扬着脖子，高声叫喊着谁谁家拿戳儿，就知道谁家有汇款单或挂号信来了。下午放学后，我有时会特别期盼邮递员喊我家拿戳儿！我就知道，是姐姐寄钱来了。我会从家里的小箱子里拿出父亲的戳儿，一阵风跑到大门口。戳儿，就是印章。

除了给姐姐写信，我第一次给别人写信，是读高一的时候，给一位在别的学校读书的女同学。放学后，我一个人躲在教室里，偷偷地写完信。走出学校，我不坐公交车，而是走路回家，因为在路上，会经过一个邮局，我要到那里把信寄出去。邮局新建不久，比我家住的老街上的邮局大很多，夕阳透过大大的玻璃窗，照得里面灿烂辉煌。我第一次来的时候，一切显得陌生，但它那绿色的邮箱、绿色的柜台，又一下让我感到亲切，把我和它迅速拉近。

我们开始通信，整整三年，一直到高三毕业，几乎一周往返一次。每一次，在教室里写好信，到这里买一个信封，一张四分钱的邮票，贴好，把信也把少年朦胧的情思和秘密的心事，一并放进立在邮局里紧靠墙边那个绿色的大邮箱里。然后，愣愣地望着邮箱，望半天，仿佛投进的不是一封信，而是一只鸟，生怕它张开翅膀从邮箱里飞出来，飞跑。站在那里，心思未定地胡思乱想。静静的邮箱，闪着绿色的光。静静的邮局里，洒满黄昏的金光，让我觉得那么美好，充满想象和期待。

邮局的副产品是邮票。我就是从那时候开始集邮，一直到现在。一枚枚贴在信封上的邮票，是那样丰富多彩，即使四分、八分的普通邮票，也有不少品种。最初将邮票连带信封的一角一起剪下，泡在清水里，看着邮票和信封分离，就像小鸡从蛋壳里跳出来一样，让我惊奇；然后，把邮票像小鱼一样湿淋淋地从水中捞出，贴在玻璃窗上，眼巴巴地看着干透的邮票像一片片树叶从树上渐次落下来，特别兴奋。长大以后通信的增多，让我积攒的邮票与日俱增。那些不同年代的邮票，是联起逝去日子的一串串脚印，一下子让昔日重现，活色生香。邮票，成了邮局给予我的额外赠品。邮票，是盛开在邮局里的色彩缤纷的花朵，花开花落不间断，每年都会有新鲜的邮票夺目而出，让邮局总是被繁茂的鲜花簇拥，然后，再通过邮局，分送到我们很多人的手中。

我从未想过，有一天，我会来到电影《鸿雁》里演的东北的林海雪原里。命运的奇特，往往在于不可预知性。上山下乡高潮到来，同学好友风流云散，我去的北大荒，正是那片林海雪原。离开北京时，买了一堆信封信纸，相约给亲朋好友写信。在没有网络和微信的时代，手写的书信，这种古老也古典的方式，维系着彼此纯朴真挚的感情，让人期待而珍惜。而信必须通过邮局，通过邮递员，让邮局和邮递员变得那么不可或缺。唯如此重要，分散在天南地北的朋友之间的书信，才能抵达你的手中。邮局和书信，互为因果，互文互质，将彼此转化而塑型，即便不是什么珍贵的文人尺牍，只是普通人家家长里短的平安书信，也成了那个逝去时代的一个注脚、一个特征，让流逝的青春时光，有了一个看得见、摸得着的物证。是邮局帮助了我们这些书信的寄达和存放，让记忆没有随风飘散殆尽。邮局，是我们青春情感与记忆的守护神。

　　那时候，我来到的是一个新建的农场，四周尚是一片亘古荒原。夏天，荒草萋萋；冬天，白雪皑皑。农场场部，只有简单的办公泥土房，几顶帐篷和马架子，但不缺少一个邮局，一间小小的土坯房，里面只有一个工作人员，胖乎乎的天津女知青。我们所有的信件，都要从她的手里收到或寄出，每一个知青都和她很熟。但是，她不会知道，那些收到或寄出的信件里，除了缠绵的心里话，还会有多少神奇的内容是文字表达不出的。读帕乌斯托夫斯基的《一生的故事》，他说他有个舅舅叫尤利亚，因为起义和反动政府斗争，被迫流亡日本，患上了思乡病，在他给家里寄去的最后一封信中，他请求家里在回信中寄给他一枚基辅的干栗树叶。我想起，当年在北大荒，曾经在信里寄给在内蒙古插队的同学一只像蜻蜓一样大的蚊子。一个在吉林插队的同学曾经寄给我一块贴在信纸上的当地的奶酪。那时候，我们吃凉不管酸，还没有尝到人生真正的滋味，没有像帕乌斯托夫斯基的舅舅一样患上思乡病，只知道到邮局去寄信、去取信时的欢乐和期待。

这个土坯房的小小的邮局，承载着我们青春岁月里的很多苦辣酸甜。不知去那里寄出多少封信，也不知道到那里取回多少封信，更不知道把农场的知青所有来往的信件包裹统统计算起来，会是一个多么庞大的数字。别看庙小，神通却大呢！那时候，觉得我们来到天边，北京是那么远，家是那么远，朋友们是那么远，天远地远的，小小的邮局是维系着我们和外面世界联系的唯一桥梁。

我最后一次到那里，是给母亲寄钱。那一年，父亲突然病逝，家中只剩下老母亲一人，我回北京奔丧后，想方设法调回北京。终于有了机会，我可以回北京当老师，我回北大荒办理调动关系，春节前赶不回去北京，怕母亲担心，也怕母亲舍不得花钱过年，我跑到邮局，给母亲寄去三十元，给母亲写了一封信，尽管母亲不识字，但我相信母亲会找人念给她听。那一天，大雪纷飞。我禁不住又想起了电影《鸿雁》。会有哪一位邮递员的邮包里装上我的信件，奔波在茫茫的风雪中呢？很长一段时间，走进邮局，总给我一种家一般的亲切感觉，因为那里有我要寄出的或收到的信件，那些信件无一不是家信和朋友们的信件，即便不是烽火连三月，也一样家书抵万金呀。

命定一般，我和邮局有着割舍不断的联系，从北大荒回到北京，写写文章之后，总会有报纸杂志的信件、稿费寄来，也要自己去邮局领取稿费，寄送信件和书籍。大约三十年前，我家对面新建了一家邮局，因为常去，和那里的工作人员都熟悉了，他们中大多是年轻的姑娘，如果偶尔忘记带零钱了，或者稿费单上写的姓名有误，她们都会帮忙处理，然后笑吟吟对我说最近在报纸上看到我的什么文章。那样子，总让我感到亲切。有一次，到邮局取稿费，柜台里坐着新来的一位小姑娘，等她办理手续的时候，我顺手抄来柜台上的几张纸，隔着柜台，画了三张她的速写像。取完钱后，小姑娘忽然对我说，看过您写的好多的文章，上中学的时候还在语文课本上学过您的文章。受到表扬，很受用，不可救药地把其中觉得最好的一张速写送给了她。她接过画，笑着说："看见刚才您在画我呢！"

如今网络发达，很多邮件通过微信传递，信件锐减；稿费大多改为银行转账，稿费单也随之锐减。总还是觉得，只是虚拟的网上信件，千篇一律的印刷体字迹，没有真实的墨渍淋漓，实在无趣得很。而那稿费单是绿色的，上面有邮局的黑戳儿，让你能够感受得到邮局的存在，那张小小的稿费单留有邮局的印记，就像风吹过水面留下的涟漪。或许是从小到老，邮局伴随我时间太长，对于邮局，总有深深的感情。邮局的存在，让那些信件、那些稿费单，像淬过一遍火一样，得到了某种意义上的升华。我知道，这种升华，对于我，是情感上的，是记忆中的，像脚上的老茧一样，是随日子一天天走出来的。

科技的发达，常常顾及时代发展大的方面，总会有意无意地伤及人们最细微的感情部分，或者说是以磨平乃至牺牲这些情感为微不足道的代价的。如今，快递业迅速发展，邮局日渐萎缩——当然，也不能说是萎缩，那只是如旋转舞台上的转场一样，一时转换角色和景色而已。就像如今多媒体的存在，传统的纸质媒体，包括纸质书籍，受到冲击却依然存在而不会泯灭一样，邮局一样存在于我们的生活中。顺便说一句，快递快，却也容易萝卜快了不洗泥，它所有的快件没有了邮票一说，这正是科技发达忽略、损害人们情感的又一个例证。只有邮局才会有那样五彩缤纷的邮票，才让集邮成了一种世界艺术。想想那些古代驱马飞奔的一个个驿站，那些曾经遍布各个角落的大小邮局，那些曾经矗立在街头的粗壮的绿色邮筒。那些电影《鸿雁》里背着绿色邮包跋山涉水的邮递员……滚滚红尘中，怎么可以缺少了他们？他们曾经多么让我们对家人、对朋友、对远方充满期盼。云中谁寄锦书来，只要还有鱼雁锦书在，他们就在。

有一天，在超市里买东西，忽然，感觉面前有个熟悉的身影倏忽一闪，抬头一看，站在对面货架前的，是一位以前认识的邮局里的工作人员。她正望着我，显然也认出了我。三十多年前，她还只是个年轻的姑娘，芳华正茂。如今，她的身边站着一个和她当年一样年轻的姑娘，她告诉我是她的女儿，又告诉我她已经退休了。日子过得这样快，她竟然和邮局一起变老了。

还有一天黄昏，一个女人骑着自行车，从我身边飞驰而过。然后，她又立刻掉头，骑到我的身边，停下车，问道："您就是肖老师吧？"我点点头，没有认出她来。她高兴地说："看着觉得像您！有小二十年没见您了，您忘了，那时候，您常上我们邮局取稿费寄书寄信？"我立刻想起来了，那时候，她还是个刚上班不久的小姑娘呢！

那个落日熔金的黄昏，我们站在街头聊了一会儿。我在想，如果没有邮局，阔别这么多年，茫茫人海中，熙熙攘攘的街头，我们怎么可能一眼认出彼此？是邮局连接起天南地北，是邮局让素不相识的人彼此如水横竖相通。

邮局！邮局！

小店除夕

去年夏天，我们社区里新开了一家小店，主要卖蔬菜水果，兼卖米面油盐。小店虽小，也算是五脏俱全，方便了社区人家。己亥年除夕，小店还在开着，要开到下午，专门等着那些工作忙碌晚回家的人，让他们可以到这里买需要的东西，尤其是过年包饺子的韭菜。

小店虽然只开了小半年，但天天往来，已经和大家很熟悉，成为街里街坊一般亲切。人们早已经看得门儿清，是从河北乡间来北京打工的一家子经营这个小店。父亲和母亲整理果菜，不时地清扫一些挑剔的顾客随手掰下的菜叶，儿子开一辆面包车负责进货，儿媳妇在电子秤前结账收银。沙场点兵，倒也各在其位，一家人忙忙碌碌，脚不拾闲，把小店弄得井井有条，红红火火。

父母和儿子都是扎嘴的葫芦——不大爱说话，儿媳妇爱说，嘴也甜，叔叔阿姨、爷爷奶奶的，叫得很亲，人们都爱到小店里买东西，省了走路到外面的超市去，像是又回到过去住胡同的时候，胡同里的副食店（过去我们管这样的小店叫作油盐店），虽然没有现代超市那样繁华，却绝对没有假货、过期货或缺斤少两。如果忘记带钱或者带的钱不够，完全可以下次再补上。如果是老人，买的东西多，儿子会主动上来帮你扛回家。如果你生病了，下不了楼，出不了门，只要你和小店扫下了微信，在微信告诉一声，他们可以送货上门。小店成了大家的菜园、果园、后花园和开心乐园。

除夕这一天，小店开到了下午，然后，他们全家坐上儿子开的那辆面包车，回家过年。两个多小时的路程，只要不耽误除夕夜的饺子和鞭炮就行！儿媳妇笑吟吟地对来到小店里的客人，一遍又一遍重复说着，脸上一遍又一遍绽放出甜美的笑容。

有人给小店送来福字和剪有卡通猪的窗花，这一家子都贴在了小店的窗户和房门上。人们说，这是让你们带回家过年贴的。儿媳妇笑着说："现在就是过年了，贴在这里，我们不在，也显得喜兴，让它们替我们看店！"

下午两点多了。小店里剩下的货物还有不少,特别是水果,香蕉、苹果、梨、橙子,还有新鲜的草莓和刚进不两天的阳桃。如果卖不出去,他们又带不走这么多,这一走,得过了正月十五才回来,全都得烂在这里。儿媳妇还在一直笑吟吟地结账收银,和街坊说着过年的话,爹妈的脸色有些发沉,心里一定担心这么多卖不出去的水果,都砸在手里可怎么办!

吃过午饭休息过后的街坊们,专程到小店里买东西的不多,路过这里的不少,一看小店还开着门,这一家子还没有回家过年,都走进小店,好奇,也关心地看看,问问。自从社区里有了这家小店,这里人来人往,进进出出,热闹得很,也让人们亲近得很。以前买个菜买个水果,就是买瓶酱油,也得跑老远去超市,超市很大,进去了,就淹没在人海里,谁和谁都不认识。这家小店,人们出家门抬脚就到,进来都是街坊,相互搭个话,越来越熟悉,越说话越多,小店成了大家的一个公共客厅,买了菜,买了水果,买了酱油醋糖,还交流了好多信息,说了好多家长里短的亲切的话。

儿媳妇见这么多人进来,高声叫喊着:"所有的东西都半价处理了呀!"街坊们都明白了,油盐酱醋糖,一瓶子一瓶子,一袋子一袋子,放在这里没问题,这些蔬菜和水果,必须都卖出去，要不就损失了啊，那都是钱，都是这一家子的辛苦的血汗呀。

于是，不管需要不需要，进来的人，每个人手里都从货架上取下点儿东西，不一会儿，儿媳妇的电子秤前，居然排起了长队。儿媳妇把东西上秤称好，打出小票，递给人们，不忘说句："阿姨，您看看，小票上是不是打上了半价，要不是，您告诉我一声。"人们说："不是半价，我们也会买的！"还有人对儿媳妇说："待会儿回家，我会告诉街坊，让大家都来，你放心，这点儿东西都能卖出去！"

我站在队后，听着这些话，心里很感动。在这座陌生的社区里，从来没有听到过这样亲切而贴心的话。普通百姓之间的良善，是温暖彼此最美好的慰藉。过去的一年，哪怕有再多的不如意和委屈，这一刻，也都随风而去。一年四季，有这样的一个年要过，真的很好，值得期待。

四点左右的时候，我专门到小店门口，货物真的都卖出去了。这一家正在打扫房子，然后锁上门窗，看见了我，向我挥挥手，鱼贯般挤进面包车。面包车鸣响一声喇叭，扬长而去。望着车远去，西天正落日熔金。

面 包 房

那时，我的孩子小，还没有上小学。晚上，我有时会带着他到长安街玩，顺便去买面包或蛋糕。长安街靠近大北窑路北，有家面包房，不大，做的法式面包和黑森林蛋糕非常好吃。关键是，一到晚上七点之后，所有的面包和蛋糕，包括气鼓、苹果派、核桃派，品种很多的甜点，一律打五折出售，价钱便宜了整整一半。当我和孩子发现了这个秘密后，这家面包房便成了我们常常光顾之地，对于馋嘴的孩子，这里如同游戏厅一样充满诱惑。

那时，售货员常常只剩下一个人值班，坚守到把面包和蛋糕都卖出去。这是一个年轻姑娘，二十三四岁的样子，有点儿胖，但圆圆脸膛儿，大眼睛，还是挺漂亮的。每次去，几乎都能够碰见她，孩子总要冲她阿姨阿姨叫个不停，我要买这个！我要买那个！静静的面包房，因为我们的闯入，一下子热闹起来。她站在柜台里，听孩子小鸟闹林一般叫唤不停，静静望着孩子，目光随着孩子一起在跳跃。

渐渐地，彼此都熟了。我们进门后，她会笑吟吟地对我们说："今天来得巧了，你们爱吃的黑森林还有一个没卖出去，等着你们呢！"或者，她会惋惜地对我们说："黑森林卖没了，这个巧克力慕斯也不错，要不，你们可以尝尝这个绿茶蛋糕，是新品种。"一般，我们都会听从她的建议，总能尝新，味道确实很不错。花一半的钱，买双倍的蛋糕或面包，物超所值，还有这样一个和蔼可亲又年轻漂亮的阿姨，孩子更愿意到那里去。

有时候，我们来得早了点儿，她会用漂亮的兰花指指指墙上的挂钟，对我们说："时间还没到呢！"屋子不大，这时候客人很少，有时根本没有，她就让我们在仅有的一对咖啡座上坐一会儿，严守时间。等到挂钟的时针指向七点的时候，她会冲我们叫一声："时间到了！"孩子会像听到发号令一样，先一步蹿上去，跑到柜台前，指着他早就瞄好的蛋糕和面包，对她说要这个！她总是笑吟吟地看着孩子，听着孩子麻雀一样叽叽喳喳地叫个不停，然后用夹子把蛋糕和面包夹进精美的盒子里，用红丝带系好，在最上面打一个蝴蝶结，递到我们的手里，道声再见后，望着我们走出面包房。有一次，她有些羡慕地对我说："这孩子多可爱呀，有个孩子真好！"

面包房伴孩子度过了童年，在孩子小学三年级的时候，那一年的暑假，我们去面包房几次，都没有见到她。新的售货员一样很热情，买好蛋糕和面包，走出面包房，孩子悄悄地问我："怎么那个阿姨不在了呢？会不会下岗了呀？"那时，他们班上好几个同学的家长下岗，阴影覆盖在同学之间，孩子不无担心。面包房里这个好心漂亮的阿姨，是看着他长大的呀。

下一次来买面包的时候，我问新的售货员原来总值晚班的那个胖乎乎的售货员哪儿去了，怎么好长时间没见了？新售货员告诉我："她呀，生孩子，在家休产假呢！"不是下岗，孩子放心了。那天，多买了一个全麦的面包，里面夹着好多核桃仁，嚼起来，很香。

等我再见到她，大半年过去了，孩子已经升入四年级，一个学期都快要结束了。我对她说："听说你生小孩了，恭喜你呀！"她指着我的孩子说："这才多长时间没见，您看您这孩子长这么高了！什么时候，我那孩子也能长这么大呀！"

我开玩笑对她说:"你可千万别惦记着孩子长大,孩子真的长大,你就老喽!"她嘿嘿地笑了起来说:"那也希望孩子早点儿长大!"

时光如流,一转眼,我的孩子到了高考的时候,功课忙,很少有时间再和我一起去面包房,偶尔去一趟,仿佛是特意陪我一样。特别是考入大学,交了女朋友之后,晚上要去的地方很多,比如,图书馆、咖啡馆、电影院、旱冰场、大卖场等,面包房已经如飞快的列车驰过掠在后面的一棵树,属于过去的风景了。只有我常常晚上不由自主地转到长安街,拐进面包房。

这期间,面包房搬了一次家,从东边往西移了一下,不远,也就几百米的样子,门口装潢一新,还有霓虹灯闪耀。里面稍微大了一些,但还是很局促,不变的是,值晚班的还常常是这个胖乎乎的姑娘,不过,我是总这样叫她姑娘,其实,她已经变成一位中年妇女了。没变的,是蛋糕和面包的味道,还保持原有的水平,只是价钱悄悄地涨了几次。

有一天,我去面包房,见我又只是一个人,她替我装好蛋糕和面包,问我:"您的孩子怎么好长时间没跟您一起来了?"我告诉她孩子上大学了。她点点头,然后笑着对我说:"等再娶了媳妇就忘了爹娘,更不会跟您一起来了呢!"我也跟着一起笑了起来。回家见到孩子后,我把她的话告诉给孩子,孩子一下子很感动,对我说:"您说咱们不过是到她那里买打折的面包和蛋糕,这么长时间了,她还能记得我,这阿姨真的不错!"我也这样认为,世上人来来往往,多如过江之鲫,莫说是萍水相逢了,就是相交很长时间的老朋友,有的都已经淡忘,如烟散去,何况一个面包房和你毫无关系的姑娘!

星期天,孩子专门陪我去了一趟面包房,一进门叫声阿姨,她抬头一望,禁不住说道:"都长这么高了!"又说你要的黑森林今天没有了。孩子说没关系,买别的。然后,两个人一个挑蛋糕和面包,一个往盒子里装蛋糕和面包,谁都没再说什么,但他们彼此望着,很熟悉,很亲近,那一瞬间,仿佛一家人。那种感觉,是我来面包房那么多次,从来没有过的。

有时候,我会奇怪地问自己:一个人,一辈子要走的地方很多,去的场所很多,一个小小的面包房,不过是你生活中偶然的邂逅,为什么会让你涌出了这样亲近、亲切又温馨的感觉? 其实,哪怕是一棵树,和你相识熟了,也会有这样的感觉的,何况是人,因为熟悉了,又是彼此看着长大,在岁月的年轮里,融入了成长的感情,所买和所卖的面包和蛋糕里便也就融入了感情，比巧克力奶油慕斯或起司的味道更浓郁。

孩子大学毕业就去了美国留学，孩子走后，我很少去面包房。倒不是家里缺少了一只馋嘴的猫，少了去面包房的冲动，更主要的是自己也懒了，老猫一样猫在家里，不愿意走动，其实就是老了的征兆。那天，如果不是老妻要过本命年的生日，我还想不起面包房。生日的前一天，我对老妻说："我去面包房买个蛋糕吧！"才想起来，孩子去美国几年，就已经有几年没有去过面包房了，日子过得这么快，一晃，七年竟然如水而逝。

那天晚上，北京城难得下起了雪，雪花纷纷扬扬的，把长安街装点得分外妖娆。老远就能看见面包房门前的霓虹灯在雪花中闪闪烁烁眨着眼睛，走近一看，才发现门脸新装修了一番，门东侧的一面墙打开，成了一面宽敞明亮的落地窗。走进去一看，今天难得热闹，竟然有三个漂亮年轻的女售货员挤在柜台前，蒜瓣一样紧紧地围着一个二十来岁的姑娘，叽叽喳喳地说得正欢。扫了一眼，没有找到我熟悉的那个胖乎乎的售货员。因为去的时间早，还有十来分钟到七点，我坐在一旁，边等边听她们说话。听明白了，这个姑娘和我一样，也是等七点钟买打折蛋糕的。还听明白了，是给她的妈妈买生日蛋糕的。又听明白了，她的妈妈就是面包房里那三位女售货员的同事，她们其中的两位是从面包房后面的车间特意跑出来，聚在一起，正在帮姑娘参谋，让她买蛋糕之后再买几个面包，并对小姑娘说："你妈妈在这里工作了这么多年，都是值晚班卖打折的面包和蛋糕，自己还从来没买过一回呢！你得多买点儿！"

七点钟到了，我走到柜台前，玻璃柜里只有一个黑森林蛋糕，一位售货员对我说："对不起，这个蛋糕已经有主儿了！"她指指身边的姑娘。我说那当然！然后，我对姑娘说："你妈妈我认识！"姑娘睁着一双大眼睛，奇怪地问我："您认识我妈？"我肯定地说："当然！"小姑娘更加奇怪地问："您怎么认识的？"我笑着对她说："回家问问你妈妈就知道了！就说一个常常带着一个孩子来这里买蛋糕和面包的叔叔，祝她生日快乐！"她还是有些疑惑，也是，几十年的岁月是一点点流淌成的一条河，怎么可以一下子聚集在一杯水里，让她看得清爽呢？我再次肯定地对她说："你回家和你妈妈一说，你妈妈就会知道的！"

姑娘买好蛋糕和面包，走出面包房，身影消失在风雪之中，我转身问那三个售货员："她的妈妈是不是你们面包房里那个胖乎乎的售货员？"她们都惊讶地点头，问我："您是她以前的老师吧？"我笑而不答。她们告诉我她今年刚刚退休。这回轮到我惊讶了："这么早？她才多大呀！"她们接着说："我们这里五十岁退休。"竟然五十岁了！就像她看着我的孩子长大一样，我看着她的青春在面包房里老去，生命的轮回在我们彼此的身上，面包房就是见证。

消失的年声

如今，年的声音，最大保留下来的是鞭炮。随着都市雾霾天气的日益加重，人们呼吁过年减少燃放甚至禁止鞭炮，鞭炮之声，越发岌岌可危，以致最后消失，也不是不可能的事情。

其实，年的声音丰富得多，不止于鞭炮。只是岁月的流逝，时代的变迁，让年的声音无可奈何地消失了很多，以至于我们遗忘了它们而不知不觉，甚至觉得理所当然或势在必然。

有这样两种年声的消失，最让我遗憾。

一是大年夜，老北京有这样一项活动：把早早买好的干秫秸秆或芝麻秆，放到院子里，呼喊街坊四邻的孩子，跑到干秫秸秆或芝麻秆上面，尽情地踩。秆子踩得越碎越好，越碎越吉利；声音踩得越响越好，越响越吉利。这项活动名曰"踩岁"，要把过去一年的不如意和晦气都踩掉，不把它们带进就要到来的新的一年里。满院子吱吱作响欢快的"踩岁"的声音，是马上就要响起来的鞭炮声音的前奏。

这真的是我们祖辈一种既简便又聪明的发明，不用几个钱，不用高科技，和大地亲近，又带有浓郁的民俗风味。可惜，这样别致的"踩岁"的声音，如今已经成为绝响。随着四合院和城周边农田逐渐被高楼大厦所替代，秫秸秆或芝麻秆已经难找，即便找到了，没有了四合院，也缺少了一群小伙伴的呼应，"踩岁"简单，却成为一种奢侈。

另一种声音，消失得也怪可惜的。大年初一，讲究接神拜年，以前，这一天，卖大小金鱼儿的，会挑担推车沿街串巷到处吆喝。在刚刚开春有些乍暖还寒的天气里，这种吆喝的声音显得清冽而清爽，充满唱歌一般的韵律，在老北京的胡同里，是和各家开门揖户拜年的声音此起彼伏的，似乎合成了一支新年交响乐。一般听到这样的声音，大人小孩都会走出院子，有钱的人家，买一些珍贵的龙睛鱼，放进院子的大鱼缸里；没钱的人家，也会买一条两条小金鱼儿，养在粗瓷大碗里。这些统统称之为"吉庆有余"，图的是和"踩岁"

一样的吉利。

在话剧《龙须沟》里，即使在龙须沟那样贫穷的地方，也还是有这样卖小金鱼儿的声音回荡。如今，在农贸市场里，小金鱼儿还有得卖，但沿街吆喝卖小金鱼儿那唱歌一般一吟三叹的声音，只能在舞台上听到了。

年的声音，一花独放，只剩下鞭炮，多少变得有些单调。

过年，怎么可以没有年的味道和声音？仔细琢磨一下，如果说年的味道，无论是团圆饺子，还是年夜饭所散发的味道，更多来自过年的"吃"上面；年的声音，则更多体现在过年的"玩"的方面。再仔细琢磨一下，会体味到，其实，通过过年这样一个形式，前者体现在农业时代人们对于物质的追求，后者体现人们对于精神的向往。年味儿，如果是现实主义的，年声，就是浪漫主义的。两者的结合，才是年真正的含义。不是吗？

风中的字

年三十，黄昏显得很短，一眨眼的工夫，就会迅速地完成和夜色的交班。街上的行人已经不多，偶尔几个骑自行车的人匆匆赶着往家奔。这时候，谁不着急回家？暖暖的家里，年夜饭的香味正在满屋飘散呢。

我家街对面是潘家园市场，这一天，较往常的人满为患虽然清静了不少，但依然有市声喧嚣，就连便道上都有人摆摊，不过，卖的大都是过年的窗花、对联，也有一些自己书写的书法作品。这时候了，这些零星的小摊早都收拾好家伙什回家过年了。只有一个人在寒风中坚持到现在。

这是一个中年人，听口音是河北沧县人，沧县是我的老家，一下就能听出来，便感到有些亲切。我在马路这边就看见了他，穿着一件枣红色的羽绒服，在便道隔离的栏杆前，他正在弯腰收拾地上摆着的东西。长长一溜儿的便道上，硕果仅存地只剩下他一个人，显得格外醒目。在街这边看，他的身前是一座绿色的报刊零售亭，早已经挂上了门板，但绿色的亭子和他身后白色的栏杆，街树的枯枝，市场灰色的外墙，颜色艳丽的广告牌，这些静物和他组合在一起，构成了一幅画。如果作为新年画，怪有意思的。

我过了马路，除了地上还摊着两幅书法，他已经收拾好东西，正准备要走。我匆匆瞥了一眼地上的两幅字，一幅隶书，一幅行草，尺幅都不小，没来得及仔细看，只是客气地和他打过招呼，知道卖的都是他自己写的书法作品。问了句今天卖得可好，他摇摇头说今儿不行，一幅没卖出去。又问这么晚了回沧县过年吗，他说在北京租有房子，全家今年都在这儿过年了。然后，彼此拜了个早年就分手了。寒风中，看见他的身影，显得有些孤独和凄清，怎么都感觉像是巴金《寒夜》里的人物。

办完事，我原路返回，天已经彻底黑了下来，路灯早亮了，倒悬的莲花一般，盛开在寂静的街道旁。路过报刊零售亭的时候，忽然看见门板上贴着两幅书法，在街灯的映照下，白纸黑字，非常打眼。看出来了，是刚才那个中年男人摊在地上的那两幅字，一幅隶书，一幅行草。仔细一看，隶书是四个横写的大字：龙马精神。行草是四句诗：箫鼓追随春社近，衣冠简朴古风存，从今若许闲乘月，莫笑农家腊酒浑。禁不住莞尔一笑，字虽然写得一般，但觉得有点儿意思。两幅字都和春节相关呢，一幅为马年祝福而写，一幅为春天到来而写。后一幅，是放翁诗的改写，改得风趣有神，有点儿功夫，并非等闲之辈。

这位老兄，一天没有卖出去一幅字，却索性把这两幅字留了下来，贴在报亭上，留给人观赏，也留予风抚摸，和即将燃放的鞭炮欢庆。这是他心情的宣泄，也是他拜年的特殊方式，是个不错的创意。既然清风朗月不用一文钱买，那么，白纸黑字也可以无须一文钱卖，和大自然交融，一起过年迎春，是一种别样的境界呢。到潘家园来卖字画的人，多如过江之鲫，如他这样有如此创意的人，我还真的没有见过。

只是担心，不知道这两幅字能否熬过大年夜，明天一早，人们出门到各家拜年的时候还能否看得到？走过马路，禁不住回头又望了望，寒风吹过，报亭上的那两幅字在猎猎地抖动。

权利保留，侵权必究。

图书在版编目（CIP）数据

阳光的两种用法 / 肖复兴著 . — 武汉：长江少年儿童出版社，2024.11. — （课文作家经典作品系列）.
ISBN 978-7-5721-5780-6

Ⅰ.I267

中国国家版本馆 CIP 数据核字第 2024JS7788 号

课文作家经典作品系列·阳光的两种用法
KEWEN ZUOJIA JINGDIAN ZUOPIN XILIE · YANGGUANG DE LIANG ZHONG YONGFA

肖复兴 著

出品人：何 龙		封面插图：孙闻涛	
策 划：姚 磊 胡同印		内文插图：起点插画 视觉中国	
项目统筹：吴炫凝 汤 纯		排版制作：方 莹	
责任编辑：汤 纯		责任校对：张 璠	
实习编辑：徐霄莉		责任印制：邱 刚 雷 恒	
整体设计：陈 奇			

出版发行：长江少年儿童出版社
邮政编码：430070
网　　址：http：//www.cjcpg.com
承 印 厂：湖北恒泰印务有限公司
经　　销：新华书店湖北发行所
开　　本：720 毫米 ×970 毫米　1/16
印　　张：7.25
字　　数：60 千字
版　　次：2024 年 11 月第 1 版
印　　次：2024 年 11 月第 1 次印刷
书　　号：ISBN 978-7-5721-5780-6
定　　价：28.00 元

本书如有印装质量问题，可联系承印厂调换。